DE CIRCONSTANCE

NICOLAS VALLIER

DE CIRCONSTANCE

roman

© 2019, Nicolas Vallier.

Édition : BoD – Books on Demand
12/14 Rond-point des Champs-Élysées, 75008 Paris
Impression : BoD - Books on Demand, Norderstedt, Allemagne
ISBN : 9782322235445
Dépôt légal : juin 2020

« Le plus haut degré de la sagesse humaine est de savoir plier son caractère aux circonstances et se faire un intérieur calme en dépit des orages extérieurs. »

Daniel Defoe, *Robinson Crusoé*

1

Un chaton noir et gris s'était faufilé à travers les barreaux d'un vieux soupirail. D'abord hésitant, à la manière toute naturelle d'un chat, il avait progressé de son pas léger jusqu'à disparaître totalement. En soi, cette scène n'avait rien d'insolite. Les félins, curieux et chasseurs, renoncent rarement à découvrir de nouveaux territoires. La peur leur est étrangère. Elle ne l'est pas pour les hommes. Combien se glisseraient à travers les barreaux d'un vieux soupirail pour pénétrer dans une pièce sombre et humide, un niveau sous terre, infestée de rats et d'araignées, livrée à d'obscures puissances souterraines parmi lesquelles les forces cachées et incontrôlables de notre inconscient ? Nathaniel souriait à l'idée de ramper sur le trottoir pour gagner les profondeurs de cette vieille maison devant laquelle il passait à pied tous les matins. Il s'imaginait se glisser à travers ces barreaux sous le regard médusé des autres passants et visualisait le moment ultime où ses pieds s'agiteraient une dernière fois avant d'être eux aussi avalés par cette bouche.

Sorti de sa rêverie, il accéléra le pas : les trains, pourtant très souvent en retard, ne le sont jamais lorsque vous l'êtes. Il lui était déjà arrivé de débouler sur le quai à bout de souffle, une minute avant le départ, et de constater que les portes se refermaient déjà et qu'aucune négociation ne pouvait être envisagée avec l'agent d'escale, récalcitrant par nature. Ce matin-là, il sauta dans le wagon deux minutes précisément avant la fermeture des portes. Le train ne partit qu'une demi-heure plus tard pour une raison indéterminée. Pendant ces trente minutes, les rames se remplirent jusqu'à ne plus pouvoir accueillir de passagers. Rapidement, les premiers « Mais avancez, merde, il y a de la place au milieu ! » se firent entendre avec pour réponse, invariablement : « Non, c'est bondé, on ne va pas se monter dessus quand même ! » Dans ces conditions, Nathaniel devait renoncer à sa sieste matinale et parfois même, en fonction du niveau de décibels émis par les voyageurs du matin, à la lecture de son roman.

S'il était chanceux, il arrivait à n'être entouré ni d'étudiants, écouteurs vissés sur les oreilles, dont le volume élevé les frapperait sûrement de surdité précoce (une réjouissance au vu du désagrément subi), ni de ces bonnes femmes qui se déplaçaient par petits groupes de deux, trois ou quatre individus, disposées à témoigner devant la plus grande audience possible de leur vie de mère, de femme, de belle-fille et d'employée. La gastro-entérite du petit Théo qui avait nécessité en pleine nuit le changement des draps de son lit, les accusations déguisées de la belle-mère sur la tenue de la maison, les performances professionnelles du mari (ou sexuelles, variante appréciée notamment le vendredi, peut-être en vue des réjouissances du week-end ?), le harcèlement moral de leur patron décrit par commodité comme psychopathe et sadique : tout était passé en revue, sans limite aucune, sans retenue, sans respect pour leurs voisins d'infortune ne désirant pas avoir à subir leurs diarrhées verbales dès sept heures du matin.

Nathaniel, quand il le pouvait, appliquait une stratégie qui avait souvent donné de bons résultats. De manière purement factuelle et sans misogynie aucune, il avait en effet constaté qu'il était préférable de s'installer dans un espace à dominante masculine, les hommes préférant dormir, regarder un film sur leur ordinateur portable, s'enfermer dans des jeux abrutissants sur leur téléphone mobile ou encore répondre à quelques mails professionnels tout en enregistrant des données en apparence hautement confidentielles et d'importance sur leurs fichiers de travail. L'individualisme avait du bon car il s'exprimait en silence.

Nathaniel, quand il le pouvait, appliquait donc cette stratégie. Ce jour-là, il n'avait pas pu. Les conditions n'étant propices ni à une sieste qui prolongerait sa courte nuit ni à la lecture du roman du moment, il s'arma de son téléphone pour lire des articles de presse, moins exigeants sur le niveau d'attention requis. Le premier titre portait sur une énième étude dédiée à la solitude dans notre monde moderne, ce qui ne l'intéressait pas de prime abord. Il s'attendait aux constats habituels sur la dégradation des relations humaines face à la virtualisation grandissante de nos vies, avec en conclusion, une ouverture métaphysique sur la solitude : quid du chat, des poissons rouges, de l'esclave domestique Philippine ?

Un deuxième titre, dans l'océan d'actualités du jour, éveilla sa curiosité et son imagination : « Un curé à Pigalle : entre grâce et disgrâce. » L'article relatait en quelques lignes les éléments de l'affaire. Un curé de province officiant dans une petite paroisse de campagne prélevait depuis quatre ou cinq ans une partie de la quête pour s'offrir des allers-retours discrets et réguliers à Paris. Ses escapades étaient agrémentées de nuits à l'hôtel, de préférence en bonne compagnie (mais par manque de charité, ces dames se faisaient payer) et de dîners peu onéreux dans des restaurants asiatiques le plus souvent. Il lui arrivait même de se rendre dans des salons de tatouage. Ainsi fut provoquée sa perte : dans l'un d'eux, à deux pas de la Place Pigalle, il fut démasqué. Le fils de l'une de ses plus ferventes grenouilles de bénitier fréquentait aussi, par malchance, ce lieu. Un cliché à la dérobée du curé secrètement tatoué faisait, le soir même, le tour du village via les réseaux sociaux. L'enquête révéla par la suite que le Père A*** n'était pas que tatoué. Afin de ne pas éprouver la susceptibilité de ses paroissiens et paroissiennes, il avait choisi de se faire percer une partie de son corps que nul n'était censé découvrir un jour. Mais un *Prince Albert* pour un prince de l'Église allait rester un détail éternellement impardonnable pour ses ouailles et pour la Justice.

Quelle morale tirer de cette histoire, Nathaniel n'en avait aucune idée.

2

À moitié réveillé, déjà fatigué, complètement désabusé, rageant contre la RATP qui ne parvenait décidément pas à respecter les horaires de ses trains dont les retards n'étaient définitivement plus quantifiables, Nathaniel sauta à Paris Saint Lazare et récupéra son vélo pour se rendre au bureau. Les deux petits kilomètres qui le séparaient de son lieu de travail ne lui offraient guère de répit et encore moins un réveil en douceur. Le réveil était brusque, pollué, bruyant et potentiellement mortel s'il ne prêtait pas attention aux automobilistes parisiens qui, le matin, lui ressemblaient étrangement : à moitié réveillés, déjà fatigués et complètement désabusés.

Cette vie de banlieusard commençait à virer au cauchemar. Plein d'illusions en arrivant à Paris cinq ans plus tôt, déterminé à profiter pleinement de tous les attraits de la capitale, il prit rapidement conscience que rien ne se passait comme il l'avait imaginé. Cinq ans plus tard, le constat avait empiré. Et, pour la première fois de sa vie, il se demanda comment il allait s'en sortir. Nathaniel avait été pourvu d'un tempérament optimiste. Les difficultés qu'il rencontrait ne l'abattaient généralement guère plus d'une journée. Mais son expérience parisienne avait mis à mal sa disposition naturelle à l'insouciance et à la légèreté, disposition qui le poussait toujours à voir le bon côté des choses. Seule son apparence reflétait encore sa nature profonde, résolument enjouée et confiante en toutes circonstances : une démarche assurée, un corps agile, des éclats lumineux dans les yeux, un sourire charmeur, une chevelure volontairement désordonnée pour signifier toute absence de rigidité morale ou d'inflexibilité.

L'entreprise qui l'avait embauché à l'époque et qui avait financé son déménagement depuis la province, avait à ses commandes un couple de quinquagénaires bordelais spécialistes de l'aménagement intérieur, réputés en tant que brocanteurs et amateurs de Feng Shui convaincus. De vrais bobos, artistes dans l'âme, au cœur généreux. Leurs banquiers étaient dénués de ces qualités. La sentence tomba rapidement : le couple mit la clé sous la porte le premier jour de l'été. La perte de son emploi fut évidemment pour Nathaniel l'événement déclencheur de ce revirement de situation et de la désillusion latente qui n'allait plus le quitter. Le seul travail qu'il décrocha après un an et demi de chômage fut un poste de responsable marketing et communication dans une petite société.

Quand on a été enfant de chœur, issu d'une bonne famille catholique de Bourgogne, il y avait de quoi tiquer lorsque la seule entreprise désireuse de vous embaucher était une société familiale spécialisée en lingerie fine et sex-toys. *Naughty You* lui offrait un poste sur mesure, en adéquation avec ses compétences, mais elle prospérait dans un domaine d'activité qui était à mille lieues,

Nathaniel l'avait vite compris, de ses appétences propres et de ses centres d'intérêt. S'il avait refusé ce poste, il n'aurait plus eu qu'à plier bagage et à rentrer chez ses parents. Plutôt qu'une marche arrière forcée vers Dijon, il avait préféré aller de l'avant, même à contrecœur, convaincu que toute expérience était bonne à prendre. Son échec, car il percevait les choses ainsi, incapable qu'il était de trouver un emploi à la mesure de ses idéaux, serait moindre dans ce sens-là.

Pour combler le manque d'épanouissement qu'il ressentait dans son travail et afin d'élargir son réseau de connaissances, il avait envisagé de s'investir dans une association. Il en avait rejoint une, plus par hasard que par conviction. *Moralis* comptait une dizaine de bénévoles dont le grand dessein était de réinsuffler dans la société les valeurs d'antan, oubliées et méprisées, telles que le respect de l'autre, la politesse, la courtoisie, la civilité, l'obéissance aux règles. En un mot, *Moralis* prônait le retour à la moralité. Mais si le champ d'opération semblait potentiellement infini selon les dires de la présidente de l'association, les moyens utilisés restaient très limités : un blog rarement alimenté, des flyers thématiques, deux conférences annuelles rassemblant chacune trois dizaines d'individus (approximativement les mêmes d'une conférence à l'autre) et une présence mensuelle sur les marchés ou sur le parvis des gares, excepté en hiver où leur dévouement pouvait souffrir quelques relâchements face au risque des rhumes, grippes et gastro-entérites.

La plupart des bénévoles avaient rejoint l'association après avoir subi un traumatisme. L'un avait retrouvé sa voiture défoncée sur un parking alors qu'il lui avait semblé être à peu près bien garé. Un autre pestait sans relâche contre la saleté des trottoirs envahis de crachats, morceaux de verre explosé et chewing-gums, accusés d'avoir causé la mort de son yorkshire bien-aimé. Un troisième soupçonnait une famille de Roms, qu'il estimait à une cinquantaine d'individus, de venir déféquer dans la cour intérieure de son immeuble alors qu'ils utilisaient déjà le petit square d'à côté pour leurs besoins. Un autre encore se plaignait des jeunes de la banlieue qui venaient exprimer leurs talents artistiques sur les murs de l'école maternelle et de la maison paroissiale. Tous s'inquiétaient de l'incivilité grandissante dans les transports en commun, jusque dans les restaurants ou chez les commerçants. Ils se disaient avant tout victimes de cette dépravation morale contre laquelle ils devaient lutter pour remettre un peu d'ordre dans la société. Même leurs députés et élus locaux ne levaient pas le petit doigt pour leur venir en aide malgré leurs nombreuses sollicitations et la menace de sanction lors des prochains scrutins.

Au grand étonnement des autres bénévoles de l'association, Nathaniel ne se plaignait de rien et n'avait jamais subi de préjudice moral. D'aucuns pensèrent qu'il était adepte du bouddhisme. Tous se trompaient. L'engagement de Nathaniel s'apparentait en réalité à un service d'intérêt général et une seule personne au sein de l'association le savait pertinemment. S'il ne s'autoproclamait pas victime, c'était, qu'en vérité, il était coupable, pris en faute pour un fait d'incivilité sous l'œil sévère de *Moralis* incarnée ce jour-là par sa présidente. Un beau matin de printemps, il avait en effet attaché son vélo à une barrière de trottoir le temps d'acheter un paquet de cigarettes. La présidente se rendait au même moment chez ce buraliste pour l'achat d'un carnet de timbres. En sortant, il avait failli la renverser : par peur de chuter, elle avait eu le réflexe de reculer mais le guidon du vélo de Nathaniel avait semble-t-il été inconvenant à l'égard du postérieur de la vieille dame. Elle grommela en espérant qu'il traverserait la rue avec autant d'empressement que pour sortir du magasin, de préférence à un moment où une voiture lancée à vive allure subirait une défaillance au niveau de ses freins. Lorsqu'elle le vit enlever le cadenas de son vélo, elle l'apostropha violemment :

— Jeune homme, on ne vous a pas dit que les trottoirs étaient faits pour les piétons et pas pour le stationnement des vélos ? Si vous étiez en fauteuil roulant, vous pensez que vous arriveriez à passer ? Votre vélo prend un tiers du trottoir ! Et quand vous sortez d'un magasin, regardez où vous allez, vous avez failli me renverser !

— Sincèrement désolé, je ne vous avais pas vue entrer ! Quant à mon vélo, vous avez raison, ce n'est pas sa place ici ! Mais il n'y a nulle part pour les garer dans ce quartier et si vous avez besoin de faire une petite course rapide…

— Faites attention la prochaine fois ! *Mon gars, t'as intérêt à l'avenir à le mettre ailleurs ton vélo sinon je te crève les pneus !*

— Je le mettrai dans un passage plus large où il dérangera moins. *Ma petite vieille, quand on a toute la journée pour faire ses courses, on choisit son moment pour sortir, quand les autres sont déjà au boulot par exemple !*

— Mais dites donc, vous travaillez dans le coin, non ? Je suis sûre de vous avoir déjà vu !

— Pas très loin !

— C'est un beau quartier ! Mais je suppose qu'on ne choisit pas son travail en fonction de cela… Moi j'habite ici depuis plus de trente ans, c'est l'un des endroits les plus charmants de Paris.

— J'aime aussi, oui ! Mais j'habite en dehors de Paris, en banlieue. *Va falloir me lâcher, là, je vais être en retard !*

— Et vous prenez le train avec votre vélo ? Pas très pratique, si ?

— Non, j'ai trouvé un petit local dans le coin où je peux le laisser pour la nuit mais je ne suis jamais sûr de le retrouver en entier le lendemain.

— Eh bien j'ai une solution pour vous ! Nous avons une petite cour intérieure dans mon immeuble, où on range les poubelles, les poussettes, les vélos. Je peux peut-être vous dépanner ? Je suis amie avec la concierge et surtout je fais partie du conseil syndical.

— C'est gentil mais... *C'est clair que ça me dépannerait !*

— On dira que vous faites partie de l'association, ses locaux sont au premier ! Je vous en toucherai deux mots, si jamais on vous questionne. *Mon petit gars, tu ne vois rien venir mais je peux te dire qu'avec moi, c'est donnant donnant ! Je te dépanne pour ton vélo, tu me donnes un coup de main à l'association !*

— Ben écoutez, sincèrement, ça serait sympa ! C'est vrai que je ne sais plus trop comment faire avec mon vélo ! Et le prendre dans le train, vu qu'on est déjà entassés, c'est impossible !

— Passez me voir ce soir si vous pouvez, on va s'arranger.

Elle lui remit un petit bout de papier, une vieille note de pressing sur laquelle, d'une écriture élégante et fine, elle avait inscrit son adresse et son nom. Anna Marchall Borowski. Il n'aurait qu'à sonner à l'interphone et elle descendrait lui montrer où garer son vélo dans la cour. Madame Marchall se montra très persuasive lorsqu'il vint, le soir même. L'affaire du stationnement de son vélo réglée, il n'avait pas d'autre choix que d'accepter de lui donner un petit coup de main au sein de *Moralis*. Ils se serrèrent chaleureusement la main avant de se quitter :

— Rentrez bien, Nathaniel. Et j'attends de vos nouvelles pour qu'on puisse s'organiser ! L'expérience va vous plaire !

— Merci Madame Marchall, merci pour tout ! *Et merde ! J'avais bien besoin de ça ! J'aurais dû lui dire non ! Je garais mon vélo, je disais bonjour de temps en temps, une boite de chocolats à Noël et voilà ! Ça va me bouffer encore un peu plus de temps, pour une association débile de vieux réac !*

La semaine suivante, il créait leur blog, *Moralis on line*, et rédigeait son premier article dont le thème et le titre lui avaient été imposés : « Cordialité et galanterie, retour au civisme pour vivre heureux dans son quartier. »

3

La journée démarra sur les chapeaux de roues. Le portail électrique de l'immeuble de Madame Marchall était à nouveau en panne, pour la troisième fois en quinze jours. Nathaniel ne put récupérer son vélo. Il faisait chaud, il allait devoir marcher d'un bon pas pour arriver à l'heure au bureau. Il n'était pas question qu'il fût en retard ou en sueur : il avait rendez-vous ce matin avec son directeur. L'objet de cette réunion portait sur l'enrichissement de la nouvelle collection et la recherche de nouveaux partenaires. Il planchait sur ce projet depuis un mois, en vain. Il était loin d'avoir atteint l'objectif que Monsieur Merina, son directeur, lui avait imposé : six nouveaux fabricants ou revendeurs ne travaillant pas pour l'un des concurrents de *Naughty You*, susceptibles par conséquent de proposer des produits innovants ou au moins inédits. Il s'apprêtait donc à lui présenter un projet inabouti car, des trois nouveautés difficilement dénichées ici et là, en Europe et en Asie, aucune ne remplissait entièrement le cahier des charges de la nouvelle collection, à commencer par les culottes de Mrs O'Conney.

Son mari, Kenneth O'Conney, un Irlandais vivant au Pays de Galles, élevait depuis plus de quarante ans des moutons dans les vertes collines du Monmouthshire. La laine, le lait et à moindre échelle la viande, lui permettaient d'assurer modestement l'avenir de son exploitation. C'était Mrs O'Conney, son heureuse épouse, qui avait eu l'idée de diversifier leurs ressources. Cette grande rouquine, née dans les Highlands et fine connaisseuse, par pur patriotisme, des meilleurs whiskys d'Écosse, avait imaginé exploiter, à la suite d'un 25 janvier bien arrosé (comme le sont tous les 25 janvier, en hommage à Robert Burns), un nouveau filon pour leur laine. Prodigieusement saoule en milieu de soirée, libérée de toutes contraintes sociales y compris vestimentaires, elle avait dansé une bonne partie de la nuit au milieu de ses animaux en chantant de vieux chants gaéliques à la gloire de son pays et du poète. Elle s'était réveillée le matin dans la paille des agneaux et, comme ses vêtements restaient introuvables, elle avait emprunté quelques morceaux de toison fraîchement tondue pour se draper de dignité le temps de traverser la cour de la ferme.

Elle semblait avoir oublié qu'à huit heures pétantes, les grilles de Green Farm s'ouvraient aux gens du village désireux d'acheter du lait ou des fromages. Ayant retrouvé ses esprits, à défaut d'avoir retrouvé sa robe et ses sous-vêtements, Lisbeth O'Conney envisagea alors assez naturellement l'opportunité de vendre des culottes en laine de mouton. Un mois plus tard, elle livrait déjà ses premières commandes. Nathaniel n'avait pas été convaincu par le confort des strings en laine vierge des O'Conney même si la douceur et la qualité de la matière semblaient au rendez-vous. Il l'était encore moins par leurs motifs d'inspiration animale. Aimer les bêtes était une chose, les porter sur ses parties intimes en était une autre.

Il avait également découvert, en flânant sur le blog d'une jeune étudiante suédoise, un nouveau produit, plutôt innovant, qui pourrait selon lui intégrer leur nouvelle collection pour pénétrer de nouveaux marchés. Il ciblerait en particulier les clients mélomanes de *Naughty You* et, dans l'absolu, pourrait convenir au plus grand nombre. Cet objet musical faisait un tabac dans les milieux échangistes de Stockholm, à en croire cette étudiante. Sa vocation première restait relativement classique, en tout cas pour la majorité des utilisateurs. Le petit plus de ce jouet baptisé *OhmyGod* résidait dans la technologie embarquée : une batterie performante, un port USB, une enceinte miniature et une résistance à l'eau jusqu'à trente centimètres de profondeur... Un « must have » pour les moins novices des amateurs de ce type d'accessoires ! Pour les appâter, quelques morceaux de musique bien choisis avaient été préenregistrés dans la version Luxe avec, notamment, quelques grands classiques suédois : *Dancing Queen*, *Gimme Gimme Gimme* ou encore *The Winner Takes It All*. La taille de l'objet, quasiment hors norme étant donné les équipements embarqués, bien que miniaturisés, pouvait être un frein à l'achat d'après Nathaniel mais de cela, il n'en était absolument pas certain.

Le canard de luxe, indémodable, représentait son dernier atout, sa dernière chance pour emporter l'adhésion de Monsieur Merina. Trapu, le cheveu rare, le regard vitreux, Monsieur Merina se considérait puni par la nature et il ne manquait pas de le faire payer aux autres, principalement à ses collaborateurs qui semblaient avoir été gâtés plus que lui. Il s'astreignait donc à être constamment en désaccord avec leurs idées. Le canard de luxe ne l'attendrirait certainement pas. C'était pourtant une valeur sûre, intemporelle, à laquelle Nathaniel pouvait plaquer aisément la théorie de la madeleine de Proust : tous les enfants avaient un jour ou l'autre été en adoration devant une famille de canards sortant de l'eau et s'ébrouant. Cet argument ferait peut-être mouche, il l'espérait fortement. Produit chic, il s'adressait à une clientèle aisée. Son prix se justifiait : recouvert de vraies plumes, soyeuses et imperméables comme il se devait, de préférence des plumes de caneton, le canard de luxe était monté sur deux petites pattes dont le mécanisme assurait le mouvement vers l'avant (après une double pression sur la tête). Par ailleurs, quelques diamants de strass étaient incrustés dans sa queue pour le rendre unique et précieux. Nathaniel proposerait de mettre en avant cette stratégie marketing afin de cibler en priorité les clientes des Émirats et de Russie ou la cagole marseillaise, ce qui revenait à peu près au même.

4

Monsieur Merina n'avait pas manqué de faire remarquer à Nathaniel, à l'issue de leur entretien, qu'il n'était pas satisfait de son travail en général, encore moins de ses idées en particulier. Mais son irritation semblait se porter davantage sur l'état d'esprit de son collaborateur plutôt que sur ses réelles compétences professionnelles. Nathaniel dénigrait selon lui l'entreprise, ses produits, ses clients. Un gérant de fast-food reprochant à ses clients obèses de venir chez lui se goinfrer de malbouffe passerait presque, en comparaison, pour un as de la diplomatie et de la relation client. Monsieur Merina regrettait d'avoir embauché Nathaniel. Il avait donné son accord, pressé par le temps et par les collections qui devaient paraître deux mois plus tard. Deux ou trois candidats avaient répondu à l'annonce, tous disponibles sur-le-champ. La petite Ophélie qui sortait de son école de communication et de marketing à dix mille euros l'année, à défaut d'être une lumière, aurait été une recrue plus attrayante, tout à fait à son goût. Son quotidien aurait été beaucoup plus agréable, plus inspirant, et le chiffre d'affaires, pas forcément plus mauvais.

Monsieur Merina, plongé dans l'amertume et le regret, envisagea donc de passer à la vitesse supérieure. L'un des associés de *Naughty You* appréciant Nathaniel pour ses qualités humaines et callipyges, il devait agir avec prudence et ruse. Il élabora un plan afin de piéger son employé dissipé et dissident. Ainsi Nathaniel fut contacté par une certaine Madame Dumont qui souhaitait s'entretenir avec lui en privé. Elle éveilla sa curiosité en ces termes : « Cette discussion sera purement informelle, je vous garantis que rien ne sortira de ces murs. Je vous attends donc à mon bureau lundi à 18 heures. » En l'occurrence, si Madame Dumont le recevait, c'était parce qu'elle était en charge d'un recrutement : contrairement à la quasi-totalité de ses collègues et aux pratiques orthodoxes du milieu, elle n'interrogeait pas le supérieur hiérarchique de ses candidats mais leurs collaborateurs. Cela lui permettait, lui précisa-t-elle avec conviction, de s'assurer plus fidèlement de la valeur humaine d'un profil. L'originalité de la démarche et la perspective de voir Monsieur Merina quitter l'entreprise mirent Nathaniel dans de très bonnes dispositions. Il se lança dans son témoignage avec fougue et une sincérité peut-être excessive :

— Monsieur Merina est mon responsable direct depuis trois ans. À mon arrivée dans l'entreprise, il s'est montré très disponible, à l'écoute, patient. Mais on sentait que ça ne collait pas entre nous, au niveau relationnel je veux dire. Et puis rapidement il y a eu des crispations, des colères froides, des tensions. Il me reprochait beaucoup de choses et ne se privait pas de le faire devant un public choisi : des collègues qu'il s'était mis dans la poche et même des clients. Il a fini par m'ignorer. Cela dure depuis des mois. On s'évite. On ne se voit qu'en cas de nécessité. Il me fait maintenant passer ses messages par d'autres : « Charles m'a dit qu'il fallait que tu lui rendes ce soir ton rapport sur les nouveautés SM », « Charles veut que dans deux jours tu le remplaces au salon Sex Therapy ! » Voilà ! C'est devenu très compliqué entre nous et, pour ne rien vous cacher, je suis content qu'il parte ! Il a sans doute quelques qualités et il doit être compétent pour certaines choses... Et je ne vous dis pas ça pour que vous le recrutiez !

— Monsieur Claud, ce que j'entends, c'est surtout, il me semble, un problème de compatibilité de caractères.

— Nos caractères sont peut-être inconciliables !

— S'ils le sont, il faudrait toutefois trouver un compromis pour que vous puissiez travailler ensemble en bonne intelligence. Quelle solution verriez-vous pour apaiser cette situation ?

— Que vous le débauchiez ! Vous m'avez fait venir dans cette perspective, non ?

Du haut de ses talons compensés, chaussée de lunettes aux verres épais, visiblement à l'étroit dans son tailleur gris pâle, Mme Dumont inspirait crainte et respect ; mais par son austérité même, elle transpirait l'honnêteté et la droiture qu'elle attendait en retour de la part de ses interlocuteurs. S'ensuivirent quelques tentatives maladroites de la part de Nathaniel pour ménager la chèvre et le chou, la sincérité qu'il érigeait en valeur absolue et la nécessité d'un double discours pour pouvoir arriver à ses fins. Non, Monsieur Merina n'était pas un manager tout à fait exemplaire, il pouvait se montrer paresseux et désorganisé mais il avait des qualités qui servaient l'entreprise, il était notamment très apprécié des clientes qui se laissaient facilement séduire par ses belles paroles et sa lubricité assumée. La critique finit toutefois par monter d'un cran :

— Je reconnais que je ne cherche pas à apaiser la situation. Mais je ne le supporte plus ! Et c'est réciproque ! Il a souvent le dernier mot, étant le directeur. Car il sait profiter de son statut ! Une collègue dont je suis proche pense que je subis une forme de harcèlement... moral, pas sexuel ! Ça, il le réserve aux petites stagiaires en alternance !

— Passons ! Le Président-Directeur Général de la société apprécie selon vous Monsieur Merina, lui fait-il confiance ?

— Vous savez, à son âge, le grand patron laisse faire les choses. Il ne se rend pas forcément compte de tout ce qui se passe dans sa boîte ! Il est surtout préoccupé par ses divorces et entre deux divorces, par la difficulté à concilier femme au foyer et les à-côtés... vous voyez ce que je veux dire ?

— Plus ou moins et c'est surtout hors propos ! Merci en tout cas pour vos remarques et vos impressions, conclut-elle avec dans ses yeux noirs grossis par ses verres épais, une satisfaction évidente.

L'allure d'une personne en dit long sur son personnage. On devrait toujours se méfier des vieilles institutrices des années soixante, sadiques et autoritaires, qui réapparaissent des décennies plus tard sous les traits d'une chargée de recrutement. Nathaniel allait en faire les frais. Madame Dumont et sa manucure impeccable se lancèrent rapidement dans le compte rendu écrit de cet entretien : « Mon cher Charles, ton collaborateur te voue l'irrespect le plus total, il n'a que mépris et ressentiment envers toi. Tu pourras écouter par toi-même notre échange, je te prêterai mon téléphone pour que tu écoutes l'enregistrement lorsque j'irai à l'atelier Tupperware de ta femme ! Comment va cette chère Marielle d'ailleurs ? Toujours zinzin ? Pour en revenir à ton Nathaniel, sache aussi qu'il n'a pas beaucoup d'estime pour ton PDG qui sera ravi de l'apprendre ! Tu vas avoir un allié pour le virer. Qu'ai-je oublié ? Ah oui… Il a laissé entendre que tu harcelais sexuellement des stagiaires. Je te préviens : si j'ai le moindre doute, je te la couperai par précaution ! Dernier point, je tiens quand même à te dire que Nathaniel est un bon garçon, pas méchant pour un sou. Ne sois pas rosse avec lui. Fais-le chanter, révèle-lui l'existence de l'enregistrement. De lui-même il voudra quitter l'entreprise pour ne plus avoir affaire à toi ! Il me fait penser à mon petit Louis. Une belle gueule, naïf comme une oie blanche, tout content de dire tout le mal qu'il pense de son méchant patron à une gentille dame aussi grosse que compatissante ! Il devait se retenir depuis longtemps, le pauvre bichon… À bientôt Charlie et n'oublie pas que tu me dois maintenant un week-end aux Charmelles. J'adore cet endroit. La nature est si belle et si calme le matin quand on sort déjeuner dans le verger. Surtout après les folles nuits que nous passons ! »

5

Le thermomètre affichait une température tout à fait exceptionnelle pour la saison, ce qui déprimait Nathaniel qui n'aimait ni les chaleurs soudaines qui bondissaient de 15° du jour au lendemain, ni le dérèglement climatique dont elles étaient la triste manifestation. Il s'accommodait plus facilement, après le froid et l'humidité de l'hiver, d'un retour en douceur du soleil et du réchauffement terrestre. Son licenciement houleux, deux semaines auparavant, ne l'avait pas non plus mis dans les meilleures dispositions mentales pour apprécier à sa juste valeur le retour du printemps. Il allait allumer son ordinateur à la recherche de nouvelles offres d'emploi lorsqu'il reçut un message de Madame Marchall Borowski requérant, s'il le voulait bien, son aide de toute urgence. Cela finit de le déprimer et sa propre réponse « Je passe vous voir en fin de matinée », de l'achever.

— C'est affreux, souffla-t-elle en lui ouvrant la porte. Entrez, Nathaniel, mais chut, laissez-moi refermer d'abord. Voilà ! Nathaniel, j'imagine que vous n'aviez aucune obligation ce matin ? Je ne voudrais pas vous avoir dérangé ! C'est à cause de cette pauvre Madame Cara… Carva… Carlo… enfin la dame du 5e vous savez, celle qui ne voit plus grand-chose, toujours en train de plisser les yeux comme si le fait de les avoir à moitié fermés allait lui permettre de mieux voir ! Vous voyez de qui je veux parler ? Bon ! La dame en question a perdu son chat. Elle l'a cherché toute la nuit dans les escaliers, la cour intérieure, les caves, partout. Elle est même sortie dans la rue, je l'ai vue en robe de chambre dans le petit square en face de l'immeuble à 6 heures ce matin ! Je dors peu, vous savez ! Non seulement elle ne l'a pas retrouvé mais à force de naviguer dans tous les sens, il y a un individu, certainement un marginal, qui s'est introduit chez elle et qui lui a fauché ses bijoux et son argent liquide ! Elle fait des ménages au noir, cette maligne : elle garde tous ses billets chez elle ! Que voulez-vous, Nathaniel, qu'elle dise à la police maintenant ? Les bijoux, elle ne devait de toute façon rien avoir de grande valeur… mais cet argent, chèrement gagné, la pauvre ne peut pas en dire un mot aux enquêteurs !

— Effectivement, c'est délicat.

— C'est ce que je lui ai dit ! Je lui ai proposé de lui prêter une somme si elle avait une urgence. Elle s'est mise à pleurer comme une Madeleine ! Je pense sincèrement qu'elle a un petit peu le goût du drame… Et ses petits-enfants qui viennent tout le temps lui soutirer de l'argent ! Elle doit leur donner une bonne partie de sa petite retraite. Je me demande d'ailleurs si le vol ne serait pas le fait de son petit-fils, je l'ai toujours trouvé un peu fourbe…

— Soumettez l'idée aux policiers.

— On va dire que je me mêle de ce qui ne me regarde pas.

— (Tout bas) Tu m'étonnes ! Hum, Madame Marchall, en quoi puis-je l'aider ? Il faut remettre des meubles à leur place, le cambrioleur a bousculé des choses ? Elle veut que je lui installe un nouveau verrou ?

— Ah, c'est gentil de votre part, je lui proposerai ! Mais ce n'est pas pour elle, Nathaniel, que je vous ai appelé ! Elle s'en sortira, elle est très copine avec le boucher. Non, c'est moi qui ai besoin de vous !

Il fallait s'y attendre : Madame Marchall aimait se préoccuper des autres, notamment de ses voisins et des têtes familières du quartier, mais l'intérêt qu'elle leur accordait restait très limité. Madame Marchall née Bulowski avait du sang russe dans les veines, du sang de la vieille aristocratie, fière, cultivée et hautaine, qui avait connu grandeur et déchéance, le meilleur comme le pire au siècle passé. Elle était née en France pendant l'Occupation. Son histoire familiale, comme toutes les bonnes histoires fondées sur un fond de vérité et sous une couche de fiction, elle la contait avec passion et un semblant d'humilité aux curieux désireux de l'entendre. Nathaniel s'était aventuré bien malgré lui sur ce terrain-là, un soir d'hiver, n'ayant pu cacher étonnement et sidération à la vue des bouteilles de vodka qu'elle avait en quantité non négligeable sur une table desserte dans son salon. Elle le remarqua et lui conta, comme pour se justifier, sa chère Russie et ses origines pétersbourgeoises ; l'arrivée de ses parents à Paris après la Révolution ; ses jeunes années, son éducation traditionnelle, la mort de ses parents sur une petite route de Picardie, juste avant son mariage avec Monsieur Marchall ; son couple, heureux et fusionnel pendant quarante ans ; l'enfant qu'ils n'avaient pas eu, son seul regret. Mais, fatalité ou destinée, ainsi en avait décidé la vie.

— Vous avez eu un parcours hors du commun, Madame Marchall ! Et vous n'êtes jamais allée en Russie, sur la terre de vos ancêtres ?

— Une seule fois, en septembre 2000. Mais le choc a été violent ! La Russie, les Russes, rien ne correspondait vraiment à l'image que je m'étais construite dans ma jeunesse à force d'écouter mes parents en parler. Je me suis sentie complètement perdue, sans aucun repère. J'étais comme amnésique, me retrouvant finalement chez moi et ne reconnaissant rien. Puis j'ai fini par me créer de nouvelles images en collant les morceaux des anciennes sur mes impressions du moment et je me sentais de mieux en mieux. Et au bout de deux mois, il a fallu reprendre l'avion et rentrer en France. Et je n'ai jamais eu le courage d'y retourner.

— Vous regrettez ? Il n'est pas trop tard.

— J'aurai bientôt soixante-quinze ans… dans deux ou trois ans… Il n'est jamais trop tard, certes, mais le temps fait son œuvre et en ce qui me concerne, il n'est plus mon allié. C'est ainsi, souffla-t-elle en levant la main droite jusqu'à son cou pour la poser sur son collier de perles. Nathaniel, j'ai un service à vous demander. Croyez bien que si je m'autorise à vous en parler, c'est parce que je vous apprécie. Connaissez-vous Strasbourg ? Je souhaiterais que vous m'y conduisiez. Évidemment, tous les frais seront à ma charge. Vous ne travaillez plus et une semaine loin de Paris vous fera le plus grand bien. Vous aurez le temps de visiter, de prendre du bon temps. De mon côté, j'ai quelques petites choses à régler. Je ne serai pas sur votre dos toute la journée, soyez-en sûr ! Mais j'ai besoin d'un chauffeur. Vous ne laisseriez pas une vieille dame comme moi prendre le train toute seule ?

6

Trois jours plus tard, ils prenaient la route pour la capitale de l'Alsace. La première heure fut assez silencieuse, ils ne ressentaient pas le besoin ni l'obligation de parler à l'autre, chacun était plongé dans ses pensées. Elle réfléchissait à l'objet de ce voyage, dont elle ne lui avait pas parlé. Il tentait de son côté d'en deviner les raisons tout en se demandant s'il avait bien fait d'accepter. La deuxième heure lui parut moins longue même s'il eut à parler de lui, ce qu'il n'aimait pas faire. C'était la première fois qu'elle manifestait un réel intérêt pour sa vie, passée, présente et à venir : le genre de conversation que deux personnes peuvent avoir au début d'un flirt ou d'une histoire d'amitié. Cette comparaison le fit sourire. Il accéléra. Quatre heures plus tard, ils arrivaient à destination, fatigués mais soulagés.

L'hôtel où ils descendirent, la *Petite France*, au charme suranné, douillet et paisible, était situé dans le quartier de Strasbourg du même nom. Ils déposèrent leurs bagages dans leur chambre, Madame Marchall Borowski au premier étage, Nathaniel, au troisième. Les tapisseries étaient vieillottes, les moquettes, d'une autre époque, mais l'ensemble était confortable et chaleureux. Ils se retrouvèrent sur la terrasse pour boire un verre de gewurztraminer bien frais.

— Mon petit Nathaniel, demain, vous aurez quartier libre ! Je vous demanderai juste, si ça ne vous dérange pas, de me déposer chez une amie vers 10 heures. Je passerai la journée avec elle et elle me raccompagnera à l'hôtel le soir. Je ne dînerai pas avec vous. Demain, vous pourrez profiter tranquillement de Strasbourg sans que je vous embête !

— Vous ne m'embêtez pas, Madame Marchall. Vous m'offrez un petit séjour en Alsace tous frais payés ou presque, rajouta-t-il en lui lançant un clin d'œil appuyé, je vous assure que vous ne m'embêtez pas du tout !

— Il va falloir m'appeler par mon prénom si vous vous permettez quelque taquinerie. Appelez-moi Anna.

— Anna, c'est joli. Comme Anna Karenine, dit-il avec quelques hésitations, peu fier de cette facilité.

— Comme Anna Arcadievna Karenine... J'étais passionnée moi aussi à cet âge-là, anticonformiste et rebelle. J'ai vieilli mais je garde en moi une certaine volonté, comment dirais-je, de vouloir bousculer certaines choses et de rétablir une certaine justice là où la situation l'exige. C'est aussi l'objet de ma présence ici. Mais ça, nous aurons sans doute l'occasion d'en reparler.

Cette déclaration sous forme de confidence, douce et ferme à la fois, ne manqua pas de le laisser perplexe. Elle la lâcha d'une petite voix, presque sournoise, mais il sentit à travers elle une telle résolution qu'il ressentit à ce moment-là une certaine gêne, une certaine appréhension. Que pouvait sous-entendre une dame de cet âge-là, autonome certes mais affaiblie par le temps ?

Contre qui, contre quoi voulait-elle livrer bagarre ? Avait-elle été informée d'un acte indigne et immoral qu'elle souhaitait combattre, un acte la touchant personnellement peut-être ? Ces questions lui occupèrent l'esprit le lendemain alors qu'il se baladait seul le long du canal, sous le charme des maisons à colombage, des ponts fleuris et de l'atmosphère douce du lieu. Il finit par se retrouver dans un quartier moins central de la ville, toujours au bord de l'eau, à côté du Parlement européen, ce grand bâtiment circulaire avec ses façades en verre. Nathaniel aimait l'Europe et ne comprenait pas l'indifférence ou pire, le rejet de beaucoup de ses concitoyens à l'égard de l'Union européenne. L'Europe, comme toute organisation, restait perfectible. Mais ses faiblesses lui paraissaient moindres par rapport à ses vertus. Peut-être que tout était question d'équilibre et que l'important était de voir de quel côté penchait la balance, que ce fût en amour, au travail, en politique. Il fit un bilan rapide de sa vie à l'instant présent : l'équilibre n'en faisait pas partie. La balance basculait toujours forcément plus d'un côté que de l'autre et, le concernant, elle révélait les échecs, les ratages en série.

La balade sur les quais si plaisants de Strasbourg, assombrie par ces méditations anodines, avait soudainement pris une teinte différente et virait à une introspection douloureuse qui le ramenait à une véritable crise identitaire et à la nécessité d'une remise en question. À quarante ans, il se retrouvait sans travail, célibataire, accompagnant une vieille dame autoritaire qui le prenait pour son chauffeur et son homme à tout faire. Elle l'avait sermonné sur un trottoir pour une faute bénigne à ses yeux. Il avait pourtant accepté sans sourciller les travaux d'intérêt général qu'elle lui avait imposés. Elle l'appelait, il rappliquait. Elle devait partir en voyage, c'était forcément à lui qu'elle faisait appel. Elle dégageait une force invisible qui étouffait tout esprit d'opposition. Lorsqu'il l'aperçut au salon de la *Petite France* en rentrant à vingt-trois heures, il faillit faire marche arrière. Il était prêt à grimper par la glycine jusqu'à la fenêtre de sa chambre.

— Nathaniel, ne faites pas comme si vous ne m'aviez pas vue ! J'ai vu votre tête dans le miroir, ma présence a eu l'air de vous incommoder. Quelque chose ne va pas ? Vous avez un coup dans le nez ?

— Pas du tout ! Vraiment ! Et même si j'avais un peu trop bu, je sais que vous ne m'en auriez pas tenu rigueur ! lâcha-t-il d'un ton un peu sec et cassant.

— Je vois qu'on a passé une bonne journée ! Je ne vous retiens pas ! Je vous laisse aller cuver votre vin dans votre chambre. Bonne nuit !

7

La nuit fut mauvaise au premier comme au troisième étage de l'hôtel. Nathaniel regrettait de s'être emporté car si quelqu'un était responsable du méli-mélo de sa vie, c'était bien lui. Et il ne pouvait reprocher à Anna l'ascendance qu'elle avait sur lui. Il ne manifestait jamais aucune opposition, là résidaient sa faiblesse et les compromis avec son libre arbitre. Au premier, Anna ne dormait pas non plus. Elle se sentait agitée. Elle aimait pourtant la nuit, la lumière tamisée des lampes, le silence du crépuscule. Parfois elle écrivait des lettres à des amis ou des notes confidentielles dans un carnet relié plein cuir. Elle lisait la presse, des romans. Elle regardait les photos qui la suivaient partout : celles de ses parents et de son mari, des photos d'elle aussi. Elle avait été une très belle femme, une beauté classique avec ses grands yeux bleus, sa peau claire, ses cheveux blonds et lisses. Elle était racée, ses origines slaves transparaissaient en elle. Mais elle n'était plus qu'une vieille dame un peu seule, sans enfant, sans famille ou presque. Elle craignait de se retrouver condamnée sous peu, dans une maison pour vieux, assise toute la journée dans un fauteuil, à en perdre la tête. Elle n'avait pas envie de vivre dans ses souvenirs, elle voulait continuer à exister pleinement, toujours et encore dans un présent et un avenir, aussi éphémère fût-il. Mais le présent, aujourd'hui, lui avait rappelé de mauvais souvenirs. Même si elle aimait la nuit, elle n'aimait pas les nuits sombres, ces nuits où, incapable de lire ou d'écrire, allongée dans son lit, elle attendait l'aurore les yeux grand ouverts.

Elle ne descendit qu'à dix heures pour prendre son petit déjeuner. Le soleil resplendissait, la terrasse était baignée d'une lumière chaude et réconfortante. Nathaniel l'attendait, un bouquet de fleurs à ses côtés. Il voulait s'excuser pour sa mauvaise humeur de la veille au soir. Sa balade en solitaire l'avait conduit aux portes d'une introspection dérangeante. Elle l'embrassa tendrement sur la joue gauche, une grande première depuis qu'ils se connaissaient.

— Anna, si je puis me permettre, n'en faites pas trop ! Le personnel de l'hôtel sait que nous ne portons pas le même nom, que nous nous vouvoyons, ils vont finir par croire que je suis un gigolo au service d'une viei… d'une dame distinguée !

— Vous alliez dire d'une vieille bourgeoise ?

— Non, pas exactement… répondit-il en riant tout en s'assurant du coin de l'œil qu'elle riait aussi.

— Je ne suis pas vieille, encore moins bourgeoise. Mais c'est une question de point de vue sans doute. Merci pour ce bouquet, il est magnifique. Alice, s'il vous plaît, pourriez-vous le monter dans ma chambre ? Mes fleurs ne vont pas endurer cette chaleur trop longtemps !

— Oui, Madame Anna, je les monte tout de suite.

— Alice… Madame Anna… Vous vous connaissez depuis avant-hier et vous êtes déjà très familières ! Ou alors vous venez souvent à Strasbourg et vous descendez toujours ici ?

— Réfléchissez Nathaniel, les situations les plus simples n'impliquent pas toujours les explications les plus compliquées.

— Pardon ? Je n'ai pas trop saisi… Je vais reprendre un café, je pense !

— On cherche toujours à compliquer les choses, n'est-ce pas ? Alors que la vérité est souvent l'évidence même !

— Sans doute. Et donc ? Alice est votre… nièce ?

— Perdu !

— Ah, je sais ! Alice est la fille de Madame Cacamachin !

— Encore perdu ! Vous avez droit à un dernier essai.

— Attendez voir… Alice est la fille de votre amie, celle avec qui vous avez passé la journée d'hier. Je suis malin, n'est-ce pas ?

— Pas suffisamment ! Vous avez encore perdu ! Invitez-moi à déjeuner et je vous dirai tout ! Je connais un petit restaurant perdu dans les vignes autour de Colmar. Nous partons dans une heure.

Anna se servit aussitôt une tasse de thé, enfourcha ses lunettes de soleil et se plongea dans la lecture de son journal, feignant d'ignorer Nathaniel qui, décidément, l'amusait beaucoup.

8

— Jean, je te dis que je m'inquiète pour ton fils et toi, tu me demandes ce qu'on va manger ce soir !

— Denise, je ne dis pas que je ne m'inquiète pas mais il est grand, laisse-le vivre sa vie ! S'il veut partir en voyage en Alsace avec son amie qui pourrait être sa grand-mère, laisse-le faire !

— Mais il est là le problème ! Comment un garçon de son âge peut décider de partir en vacances avec une vieille dame ? Jean ! Imagine que ton fils... que ton fils et cette... Anna... soient un peu plus qu'amis, tu comprends ? Regarde le fils de ta cousine, il sort avec cette Diane qui a vingt ans de plus que lui !

— Mais que vas-tu t'imaginer encore ? Mais enfin ! Nathaniel avec cette mamie des beaux quartiers !

— Oui, justement, les beaux quartiers... Il nous a dit qu'elle était aristocrate, Russe certes mais aristocrate ! Peut-être qu'elle le... paye... pour sa compagnie ! De là à le payer pour le reste...

— Denise, tu me fatigues ! Tu as toujours eu une imagination débordante mais là, ça déborde beaucoup trop !

— Mais ouvre les yeux, Jean ! Il a perdu son travail, il aime les voyages, les bons restaurants, les bons vins... exactement comme tous ces petits vieux qui aiment dépenser leur argent dans les seuls petits plaisirs qui leur restent. Sauf que... sauf que... j'ai lu un article sur la sexualité des seniors et... Mon Dieu, Jean ! Ton fils est un gigolo !

— Denise, Nathaniel n'est pas plus gigolo que moi ! À dire vrai, je me demande si Nathaniel s'intéresse encore à... la chose. Enfin... à la chose, oui, je pense, mais aux copines, je ne sais pas !

— Oh ! mais bien sûr, c'est mon fils, je le sais !

— Et pourquoi ton fils ne nous présente plus de petites copines depuis au moins quatre ans ?

— Mais enfin, il vit à Paris, tu veux qu'il fasse sa vie avec une Parisienne ? Tu crois que c'est réjouissant pour un garçon aussi rêveur et romanesque que mon fils ?

— Peut-être qu'il ne s'intéresse plus aux filles justement depuis qu'il vit à Paris ! Il s'est peut-être laissé, comment dire, amadouer d'une façon ou d'une autre par un artiste, un guide du Louvre, un Anglais qui habite dans le Marais, je ne sais pas, moi !

— Mon Dieu que tu es bête ! Le connaissant, je ne serais pas étonnée s'il essayait de gagner un peu d'argent de cette façon pour pouvoir nourrir sa femme et peut-être même son enfant ! Eh oui, qui te dit qu'il n'a pas rencontré une sans-papiers avec qui il aurait eu une petite fille ou un petit garçon ? Ça lui ressemblerait tellement pour le coup !

Décision fut prise pour les parents de Nathaniel de se rendre à Strasbourg pour tenter d'en savoir plus. Le fils avait dit à sa mère qu'il partait une petite semaine en Alsace, à Strasbourg et dans ses environs. Il avait plus tard appelé ses parents une fois sur place, le jour où il se promenait seul sur les quais. Jean et Denise allaient donc partir espionner leur fils. Incognito ou pas, il leur restait à trancher cette question. Denise était une grande lectrice, amatrice de romans d'amour et de drames familiaux. Ce petit périple sur les traces de leur rejeton semblait être à ses yeux la seule démarche possible pour obtenir quelques certitudes sur la nature réelle de la relation unissant Nathaniel à cette Anna. Elle rassura son mari en jurant qu'elle serait une espionne de premier ordre, une Mata Hari d'aujourd'hui. « Et en plus, je te rappelle que je danse très bien moi aussi, surtout le boogie-woogie ! » Cette affirmation, ridicule et mensongère du point de vue de son mari, ne le rassura pas sur la suite des événements, lui qui connaissait le pouvoir étendu de sa femme de se faire remarquer d'une façon ou d'une autre, souvent à ses dépens.

9

Foie gras de canard au pinot gris suivi d'un filet mignon de porc en croûte et spätzle maison : l'auberge séduisit Nathaniel dès la découverte de sa carte. Il n'était pas particulièrement un fin gourmet, encore moins un cordon-bleu, mais il appréciait de temps en temps un bon repas dans un lieu à part. L'auberge était isolée du reste du village, perchée au milieu des vignes : de leur table ronde, sur la vieille terrasse en pierres, ils pouvaient embrasser du regard tout le vignoble et les villages alentour. Anna était rayonnante : très coquette, elle avait apporté un soin indéniable à sa coiffure et à ses vêtements. Elle portait les bijoux qu'elle ne quittait jamais : son alliance en or gris, fine et élégante, le solitaire de ses fiançailles, un anneau orné d'une émeraude à l'auriculaire droit, des boucles d'oreilles en perles de culture. Elle n'apportait de variation qu'au niveau de son cou : un collier de perles ou un sautoir en or torsadé, parfois avec un rubis en pendentif. Anna était radieuse, lumineuse sur cette terrasse, dans ce soleil, face à ce décor.

— Vous n'êtes pas facile à saisir, mon cher Nathaniel. On ne sait jamais ce que vous pensez. Depuis trois ou quatre jours que je vous traîne avec moi, vous devez avoir un avis sur ce que vous voyez, entendez... mais vous ne dites jamais rien comme si tout cela était votre environnement habituel, sans surprise, sans découverte !

Rassurez-moi, nous ne sommes jamais venus ensemble à Strasbourg ?

— Jamais, pas dans mes souvenirs en tout cas !

— Ni dans les miens ! Et j'ai encore toute ma tête. Dites-moi alors ce que vous en pensez.

— Comment ça, ce que j'en pense ? C'est… un bel endroit, une belle région. J'aime beaucoup Strasbourg ! J'étais venu quand j'étais ado pour des vacances. Je ne m'en souvenais pas très bien et c'est vraiment une très belle ville !

— J'en suis ravie ! Mais au-delà de vos impressions, vous ne vous posez par exemple aucune question sur le fait que je connaisse bien les lieux, que j'aie des connaissances ici ?

— Non, c'est évident, vous connaissez bien la région. Et je n'ai pas à vous faire parler si vous ne parlez pas de vous-même ! Je n'ai pas à vous tirer les vers du nez. Vous avez peut-être vécu ici il y a quelques années et pour x raisons, vous en êtes partie, pour de bonnes ou de mauvaises raisons je veux dire. S'il s'agit de mauvaises, je préfère ne pas réveiller en vous de vieux souvenirs douloureux. Mais si vous voulez en parler, vous pouvez ! J'aime bien les vieilles histoires… Enfin, pardon, les histoires que chacun peut raconter sur son passé, ce qu'il a vécu, ce qui l'a amené à être là où il est, qui il est, tout ça quoi !

— Vous aimez bien les histoires… Mon père avait l'habitude de dire que les gens qui parlent peu se parlent beaucoup à eux-mêmes. J'imagine qu'il voulait dire que moins on parle, plus on intériorise, on analyse, on développe des idées. On laisse aussi son imagination faire son chemin. Et tout cela nous aide à ouvrir les yeux sur qui nous sommes, à mieux comprendre notre vie, le monde qui nous entoure. C'est très sensé. Bien évidemment, certaines personnes parlent peu, soit parce qu'elles sont un peu simplettes, soit parce qu'elles ne s'intéressent, si tant est qu'on puisse utiliser ce verbe, qu'à des sottises et dans ce cas-là, c'est bien qu'elles se taisent !

— Comme vous dites !

— Tenez, prenez le cas de tous ces idiots que rien ne passionne sinon, et c'est un bon exemple, ces émissions ahurissantes et abrutissantes de téléréalité ! Mais quel plaisir et quel intérêt peut-on prendre à regarder ces individus, tous plus vulgaires les uns que les autres, sans manière, enfermés dans une maison pendant des jours et des jours à ne rien faire à part se crêper le chignon ? C'est affligeant ! J'ai honte pour ceux qui regardent ces niaiseries comme pour ceux qui y participent ! Ils ne s'expriment même pas correctement ! Ils n'ont aucun vocabulaire, excepté dans un registre qui ne devrait pas exister tant il est dégradant et irrespectueux ! Ils sont brouillés avec la syntaxe, ils sont fâchés avec la politesse, comment voulez-vous, Nathaniel, que nos jeunes s'en sortent avec de pareils modèles ?

— Pas faux… répondit nonchalamment Nathaniel qui avait vite décroché du discours d'Anna, son attention s'étant portée assez rapidement sur le couple d'à côté en pleine querelle amoureuse.

— Que disait-on ? Je me suis éparpillée… Ah oui, on parlait des histoires et du fait que vous n'en racontez jamais. Et que vous ne demandez pas non plus qu'on vous en raconte… Soit ! Quitte à vous embêter un peu plus, je vais quand même le faire. Ah, mais auparavant, laissez-moi vous présenter Mary.

10

Un grand corps mince dans une robe noire, lunettes de soleil : Mary Hutchinson s'était faufilée entre les tables de la terrasse jusqu'à celle d'Anna qu'elle avait aperçue de loin. Mary était métisse et sa beauté ne passait pas inaperçue. Elle se pencha pour embrasser chaleureusement Anna et serra la main de Nathaniel en lui rendant son sourire. Son léger accent anglais indiquait l'origine de son patronyme. Sa mère, d'origine malienne, était née en Normandie et avait été jeune fille au pair dans une famille aisée du Sussex. Le fils aîné de la maison était de deux années plus âgé qu'elle. Ils se marièrent cinq ans plus tard et s'installèrent à Oxford où il enseignait dans un *college* réputé. Elle élevait sa fille et confectionnait des sacs à main et autres accessoires féminins, pour le plaisir plus que par nécessité financière. Mary était leur unique fille : elle avait étudié la littérature anglo-saxonne à l'université avant de partir s'installer en France, à la suite d'une rupture douloureuse. De petits boulots en petits boulots, elle avait fini par atterrir en Alsace où elle dirigeait aujourd'hui un hôtel.

— Mary est la directrice de l'*Ill Hotel*, expliqua Anna à Nathaniel. Il est situé un peu plus loin sur les quais, en direction du Parlement. Plusieurs députés y séjournent régulièrement. C'est une maison charmante avec un petit jardin qui vous fait oublier les tracas du quotidien. Vous avez toujours, Mary, la volière avec les perruches ? Elle date du début du XIXe siècle, elle est ravissante.

— Nous l'avons toujours mais elle est vide. Enfin, je veux dire par là qu'il n'y a plus de perruche. On a retrouvé la porte grande ouverte un matin, l'année dernière. Sans doute l'œuvre d'un défenseur des animaux. Ou d'un voisin incommodé par leurs chants. À la place, nous avons mis des bonsaïs et des orchidées. Nous avons toujours, par contre, le bassin avec les carpes koï. Et, petite nouveauté, dans la véranda, nous avons une famille de furets, des petites bêtes très malicieuses qui font sensation auprès des clients ! Les enfants les adorent, s'ils arrivent à les voir éveillés. Ils dorment beaucoup. J'ai une petite anecdote à vous raconter : un matin, les furets s'agitaient dans leur cage. On venait de nettoyer leur litière. J'ai surpris une petite fille en train de leur parler. Elle avait surnommé l'un des furets Sredni Vashtar, comme dans la nouvelle de Saki. Vous connaissez ?

— Non, pas du tout, répliqua Nathaniel, pressé d'entendre la suite de l'histoire.

— C'est Mary qui m'a fait connaître cet auteur anglais. Vous devriez le lire, Nathaniel, cela vous plaira ! Un petit garçon, commença Anna sous l'œil approbateur de Mary, orphelin de père et de mère, était élevé par une vieille tante austère et autoritaire. Il ne l'aimait pas et elle le lui rendait bien. Elle le privait de tout, y compris et surtout d'ailleurs, d'amour et de tendresse. Le petit garçon, qui s'appelait Conradin si mes souvenirs sont bons, avait fait de son furet un dieu : chaque jour, il priait Sredni Vashtar pour qu'il exauçât son vœu.

— Tuer sa tante, je présume ? Le furet était un dieu ou le diable ?

— Un dieu. N'oubliez pas, Nathaniel, que cet enfant était maltraité et privé de liberté.

— Oui, de ce point de vue là…

— Et Sredni Vashtar va l'entendre, va entendre ses prières et emporter à tout jamais cette vieille tante tyrannique.

— Efficace comme méthode ! Il suffit donc d'avoir chez soi un dieu furet pour liquider ses problèmes et ses ennemis ?

— Sans doute, à condition bien sûr de le croire et de le vouloir ! Ce qu'il faut retenir de l'histoire, précisa Mary, c'est que l'imagination peut l'emporter sur la réalité. Cela devrait toujours être le cas, non ? Qu'on soit enfant ou pas d'ailleurs ! Penser sa vie telle qu'on l'imagine, en dehors de ce qu'elle est vraiment… conclut-elle en allumant une cigarette.

Si tout ce qu'on imaginait devenait réel, pensa Nathaniel, la vie deviendrait rapidement un désordre sans nom, l'ultime chaos. L'impression qu'il retira toutefois de cette histoire était que Mary avait fondamentalement raison sur le fond et sur la forme, qu'un lien fort semblait unir ces deux femmes. Le fait de la raconter d'une seule voix le prouvait. L'une était l'autre, en dépit de leur âge, de leurs origines, de la couleur de leur peau. Son intuition le poussait à le croire.

11

Ils reprirent la route pour Strasbourg, tard dans la soirée, à travers les vignes. Ils avaient dîné tous les trois dans un winstub de Colmar. Nathaniel et Mary avaient fait plus ample connaissance. Et Anna avait compris que son intuition ne l'avait pas trompée. Nathaniel, à ses côtés, conduisait avec concentration, la pluie ajoutant une difficulté à sa conduite déjà hésitante du fait du vin absorbé pendant le repas. Mary les suivait à distance respectable. Elle avait très peu bu, tout à son habitude de ne pas franchir les limites du raisonnable.

Anna demanda soudainement à Nathaniel de se garer sur le bord de route. Elle descendit de la voiture et rejoignit Mary dans la sienne. Étrange pensa-t-il, peut-être avait-elle oublié de l'informer de quelque chose. Elle revint deux ou trois minutes plus tard, sans explication, en le priant simplement de prendre le chemin le plus court jusqu'à l'hôtel. La ville était animée malgré l'heure tardive, des passants flânaient, d'autres avançaient d'un pas décidé. Des rires résonnaient dans la rue. Anna posa sa main sur son avant-bras en lui souriant : « Je vais finir à pied, Nathaniel, je vous rejoins dans dix minutes. » Elle voulait prendre l'air, profiter de la nuit et de la ville à une heure où les rues sont moins bondées, plus propices à la réflexion.

Elle croisa un couple de sexagénaires, des touristes armés de leur guide vert et d'un appareil photo en bandoulière. Elle aurait voulu à ce moment-là être comme eux : au bras de l'être aimé, à flâner dans un lieu sans repère, sans souvenir. Elle grimaça quand elle entendit la femme dire qu'ils tomberaient peut-être sur Nathaniel se promenant main dans la main avec sa vieille aristo. Drôle de coïncidence, elle en convint. Elle les regarda avec attention : Denise affichait le sérieux d'une mère anxieuse, Jean, la sérénité d'un mari qui sortait d'une bonne table.

Au même moment, une députée du Parlement prenait possession de sa chambre, son assistant dans son oreillette. Elle avait passé une sale journée et comptait bien lui rappeler, après en avoir discuté avec lui une demi-heure plus tôt, qu'il était seul responsable du merdier dans lequel elle se trouvait et qu'il avait fortement intérêt à trouver une solution dans la nuit s'il ne voulait pas se retrouver avec la tête fracassée dans un local poubelle du parlement.

Le lendemain, Anna appela un taxi après le petit déjeuner et Nathaniel fut prié de se dépêcher s'il voulait l'accompagner. Il avait prévu d'aller à la piscine, pas de partir se balader avec elle. Mais une fois encore, l'autorité naturelle d'Anna eut raison de ses projets. Le chauffeur de taxi, une fantaisie d'Anna, les conduisit à la Grande Écluse, pourtant toute proche. Ils montèrent au sommet du bâtiment, sur le toit-terrasse du barrage où Nathaniel put admirer les ponts couverts.

— Le barrage, qui est l'œuvre de Vauban, permettait en cas d'attaque de faire monter le niveau de l'Ill. Imaginez la suite, mon cher Nathaniel : tout le sud de la cité, ce que vous voyez là, se retrouvait sous les eaux. L'ennemi ne pouvait plus avancer, la zone était devenue infranchissable.

— C'était plutôt bien pensé ! Mais... s'ils l'ont fait une fois, ça m'étonnerait qu'ils aient pu le faire à de multiples reprises. Ça devait se savoir quand même que les seigneurs de Strasbourg avaient un super plan pour contrer l'ennemi ! Certains soldats ont dû survivre et raconter ce qu'il s'était passé. Il y avait forcément eu des survivants, des gens qui savaient nager ! À ce propos, je comptais aller à la piscine ce matin... Vous m'en avez privé pour me donner un cours d'histoire militaire ?

— Vous prenez de l'assurance mon cher Nathaniel, c'est bien ! Vous commencez à vous affirmer. Vous avez trente-cinq, quarante ans ? Vous êtes lent au démarrage mais mieux vaut tard que jamais...

— C'est petit, ça, vous en êtes consciente, Anna ?

— Je vous prive de piscine et vous boudez ! Allez, cessez vos gamineries et arrêtez de faire l'enfant ! Je vais vous donner l'occasion d'être adulte et responsable !

— Anna, vous ne voulez quand même pas sauter dans la rivière pour m'obliger à me comporter en adulte en vous sauvant de la noyade ? Entre adulte et héros, il y a une nuance qui ne m'échappe pas, vous savez... surtout si l'eau est froide ! Je viens juste de déjeuner, il fait chaud, je risque l'hydrocution à coup sûr ! Et ce n'est pas vous qui me ressortirez vivant de l'Ill ! À moins que votre dessein soit de m'embrasser à pleine bouche une fois que je serais inconscient ?

— Je préférerais pour l'heure que vous la fermiez, votre bouche ! Adulte et responsable, c'est uniquement à la direction de l'un de mes hôtels que je souhaiterais vous voir comme tel ! Je vous donne un travail, Nathaniel, à Strasbourg, dans cette ville où visiblement vous avez l'esprit très fertile ! La personne qui occupait ce poste a démissionné il y a deux mois. Vous n'êtes pas trop idiot, vous présentez bien, vous êtes débrouillard. Je vous offre ce travail.

— Directeur d'hôtel ? Pourquoi moi ? Pour quoi faire ?

— Pour quoi faire ? Pour gagner votre vie, pardi ! Et parce que j'ai besoin d'un directeur en qui j'ai pleinement confiance… excepté si je suis en situation de me noyer bien sûr.

— Ben si vous devenez ma patronne et que vous vous apprêtez à boire la tasse, je serai obligé de plonger, soyez rassurée. Mais… pardon Anna, c'est une drôle d'idée, non ? Et qui vous dit que je serai un bon directeur d'hôtel ? Et que j'aimerai faire ce métier et vivre ici ?

— Vivre ici, je ne m'inquiète pas ! Vous en avez marre de votre deux-pièces minuscule en banlieue parisienne, marre du RER, marre des Parisiens. Vous aimez les choses vraies, vous vous plairez ici. Et puis directeur d'hôtel, c'est un métier qui va vous passionner, vous allez beaucoup apprendre ! Vous devrez mettre votre nez dans la gestion de l'établissement, dans les affaires du personnel, vous accueillerez les clients, vous répondrez à tous leurs besoins, même aux plus extravagants… Vous le faites déjà pour moi ! Et sans être payé qui plus est !

— Vu comme ça… Ne me dites pas, par contre, que c'est vous qui allez me former ?

— Évidemment non, imbécile ! Je suis la propriétaire de votre hôtel, pas formatrice en gestion hôtelière ! C'est Mary qui vous apprendra les rouages du métier, tout ce qu'il vous faudra savoir.

— Mary ?

— Oui, Mary ! Vous travaillerez à ses côtés pendant quelques semaines. Elle dirige l'*Ill Hotel*, on en a parlé hier, à l'auberge. Une très belle maison… qui m'appartient elle aussi. Vous observerez, vous serez attentif à tout ce qu'elle fera, dira ou ne dira pas, d'ailleurs. La discrétion, mon cher, est nécessaire, parfois. Vous la seconderez et vous serez rapidement opérationnel, je n'en doute pas… enfin, si vous le décidez bien sûr !

— Vous me connaissez bien… Et comme c'est réciproque, je dirais que, dans votre petite tête, vous envisagez très certainement de me proposer ensuite la direction de la *Petite Fr*…

— Pas du tout ! Vos intuitions à mon égard sont décidément rarement bonnes ! Vous dirigerez l'hôtel qui est juste à côté, le *Saint James*. La clientèle est assez jeune, active, internationale, des gens de passage surtout.

Une trentaine de chambres. Quant à la *Petite France*, c'est plus ma maison qu'un hôtel. Je n'aimerais pas vous avoir dans les pattes toute la journée.

— Je comprends mieux pourquoi nous avons retrouvé Mary hier après-midi : c'était presque un entretien d'embauche finalement.

— Cette fois-ci, vous avez vu juste ! Et si je suis descendue de voiture sur le chemin du retour, c'était pour avoir son avis sur vous, en tant que personne et en tant que directeur potentiel du *Saint James*.

— Et elle m'a apprécié ! Je le savais ! Je lui ai tout de suite plu, ces choses-là se sentent, vous savez !

— Encore votre intuition, j'imagine…

Un contrat avec période d'essai fut rapidement signé. Les conditions étaient avantageuses, Anna se montrait généreuse. Nathaniel débuta à l'*Ill Hotel* et respectait à la lettre les recommandations de sa patronne et les consignes de sa formatrice. Au bout d'une semaine, il avait trouvé ses repères, adopté les codes d'usage vis-à-vis de la clientèle et savait manier le logiciel de gestion de l'hôtel. Il s'était également rendu à plusieurs reprises au *Saint James* pour faire connaissance avec le personnel et apprivoiser les lieux.

Alors qu'il discutait un matin avec une femme de ménage sortie arroser les plantes, il tomba nez à nez avec ses parents. Surprise d'un côté, saisissement de l'autre, ils finirent par s'embrasser, heureux de se retrouver par hasard. Nathaniel était étonné de les voir à Strasbourg, la conversation téléphonique de l'avant-veille lui ayant laissé penser que ses parents étaient cloués à Dijon à cause du chien de la voisine. Celle-ci était partie quinze jours en croisière et leur avait confié selon leurs dires la garde de Marcel, son jeune labrador chocolat de deux ans. Denise et Jean, empêtrés dans leur mensonge, incapables de lui révéler la raison véritable de leur présence à Strasbourg, restaient cois. L'espionnage nécessitait quelques sacrifices dont celui de tromper la chair de sa chair.

Leur fils leur expliqua, avec empressement et fausse modestie, qu'il était depuis peu le patron de ce bel hôtel. Denise était ravie, le regard aussi tendre et ému que lorsqu'il avait fait ses premiers pas à deux ans. Jean admirait de son côté la façade de l'hôtel, sobre et élégante, en imaginant que derrière l'une de ces fenêtres, une vieille dame russe devait sortir de son bain, se parfumer et se coiffer pour paraître en beauté au bras de son jeune amant. Denise regarda attentivement la jeune femme d'origine asiatique qui arrosait les plantes tout en caressant du regard son fils. Elle ne mit pas longtemps à se demander si le massage thaï imposait la nudité totale du client et si cette pratique avait lieu dans cet hôtel. Mary arriva à ce moment-là : c'était son jour de repos et elle venait déjeuner avec Anna. Le regard complice que leur fils échangea avec cette belle jeune femme, gracieuse et élégante, rendit perplexe ses parents qui, dans le flot d'idées qui les assaillaient intérieurement, choisirent de partir sur le champ. Ils prétextèrent une croisière repas sur l'Ill mais promirent de le rappeler dès le lendemain pour programmer un dîner à trois ou à quatre s'il souhaitait venir accompagné. En lançant l'invitation, ils s'attendaient à ce qu'ils fussent trois. Nathaniel ne leur adressa qu'un sourire pour réponse. Ils en étaient réduits à de multiples conjectures sur ses fréquentations et faillirent parier sur qui, de l'aristocrate russe, de la belle métisse au regard pénétrant, de la femme de ménage tout à la fois masseuse et jardinière ou de la jeune migrante qui avait porté son enfant, serait à son bras pour le dîner.

12

Christelle terminait toujours son service par le premier étage. Il était déjà 11 heures, elle avait perdu beaucoup de temps dans la chambre 29. Certains clients étaient vraiment des porcs, à tout dégueulasser, du sol au plafond. Elle toqua à la porte de la 13, par précaution, et entra puisque personne ne se manifesta. La pièce était sombre, les lourds rideaux en velours obstruaient totalement la lumière du soleil. Elle les tira, ouvrit les battants des fenêtres pour laisser entrer l'air frais du matin. Le couvre-lit était par terre, enroulé comme un tapis. Encore une drôle d'invention, pensa-t-elle. Elle l'attrapa pour le secouer. Il se déroula en un instant tout en laissant échapper un objet sur le parquet, qui glissa sous le lit. « Qu'est-ce que c'est que *ça* encore ? » soupira-t-elle, dépitée à l'idée de perdre encore du temps avec ces âneries. Car deux mois plus tôt, des clients avaient enroulé de la même façon un long vase en terre cuite, fragmenté en cinq ou six morceaux à la suite d'un geste maladroit ou d'une bousculade involontaire.

Mais *ça* n'était pas les restes d'un vase accidenté. Ça, c'étaient un bras, un avant-bras et une main gauche dont les doigts avaient été coupés à l'exception d'un seul : le majeur. Fièrement dressé, effilé, avec son ongle verni de noir, écaillé.

Nathaniel n'était directeur en titre du *Saint James* que depuis cinq jours, et déjà il affrontait un scandale mettant à mal la réputation de son établissement. Mary n'avait pas eu le temps de le former sur la gestion de crise. Il se fia à son bon sens et à son pragmatisme pour sortir de cette situation qu'il jugeait quelque peu ennuyeuse. Anna avait cru bon de le rassurer en lui promettant qu'un meurtre dans son hôtel ne serait pas retenu contre lui le moment venu : la réussite de sa période d'essai serait fondée sur le degré de satisfaction de ses clients vivants et en bonne santé uniquement. Cela ne le rassura qu'à moitié. A cet instant, il se trouvait à l'hôtel de police et se débattait avec un inspecteur d'âge avancé, répétant sans cesse qu'il était bien le directeur de cet établissement, qu'il ne connaissait pas tous ses clients, qu'il pouvait avoir effectivement quelques difficultés à les reconnaître s'ils ne se présentaient que par petits bouts et qu'il avait une confiance totale en son personnel même s'il confondait encore le prénom et le poste de chacun. L'inspecteur soupira à plusieurs reprises, excédé, et se demanda s'il n'allait pas le menacer d'outrage à agent, même en l'absence d'acte caractérisé, pour obtenir des réponses moins absurdes. Emprisonnement et amende, voilà qui le ferait parler et lui redonnerait la mémoire.

Nathaniel ressortit du commissariat plutôt satisfait de lui-même. Il n'avait jamais été convoqué par la police et cette nouvelle expérience avait presque égayé son après-midi. La réciprocité n'était pas avérée : l'inspecteur n'avait strictement rien tiré de cette audition à part l'impression prégnante qu'on s'était amusé de lui. Un fait nouveau confirma néanmoins que le bras de la chambre 13 n'était pas celui de Madame Lynard, la dernière occupante enregistrée dans le logiciel de réservation avant qu'il ne tombât en panne : elle était toujours en vie et s'était présentée avec ses deux bras et ses dix doigts à sa convocation. La victime resterait anonyme jusqu'aux résultats des tests ADN ou à la réapparition du reste de son corps. Anna ne parut ni choquée ni même affectée par cette affaire : elle invita Mary et Nathaniel au restaurant pour fêter une bonne nouvelle. Elle quittait Paris. Son appartement parisien avait trouvé acquéreur. Elle l'avait mis en vente cinq mois plus tôt, elle serait désormais libre de fuir la capitale pour se réfugier en Alsace. Nathaniel et elle s'absenteraient une semaine ou deux pour empaqueter leurs biens et plier bagage, définitivement.

— Ce n'est quand même pas de bol pour moi d'avoir un bout de cadavre sur les bras alors que je débute à peine !

— Mon petit Nathaniel, quand je vous disais que vous ne vous ennuieriez pas à la direction d'un hôtel, vous en avez la preuve !

— Sur les bras... je n'aurais pas choisi cette expression à ta place, releva Mary. Tu pourrais dire « avoir un cadavre sur le dos », par respect pour le défunt.

— C'est quand même fou que personne ne sonde le canal. Nous n'avons retrouvé qu'un bras, le reste du corps doit bien être quelque part et il n'est pas dans l'hôtel, les moindres recoins ont été fouillés. Le meurtrier a peut-être découpé le corps en morceaux pour tout faire rentrer dans une valise. Mais on aurait retrouvé plus de sang dans la salle de bains. C'est l'un des flics, celui avec la blouse, qui me l'a dit. Donc, s'il n'est plus dans l'hôtel et si on ne lui a pas fait prendre l'air dans la rue, il reste deux possibilités : le toit et le canal. Peu de chance pour qu'il soit sur le toit, à cause du vis-à-vis... Sauf si le meurtrier comptait se débarrasser du corps en le donnant à manger aux cigognes ? Elles sont bien carnivores, non ? Reste le canal.

— Bonne déduction, Monsieur le Directeur. C'est pour cette raison que le commissaire envoie demain matin deux hommes-grenouilles pour un petit bain matinal. Le commissaire m'a appelé, c'est un vieil ami. Il voulait me prévenir.

— Anna, vous ne cessez de me surprendre ! Je vous ai connue à Paris un peu coincée, une petite vie bien rangée, très 16e arrondissement et fesse cousue comme aurait dit ma grand-mère. Et depuis que vous m'avez embarqué avec vous à Strasbourg, non seulement vous fricotez avec la police, ce qui ne vous ressemble pas, mais en plus, on retrouve un mort dans l'un de vos hôtels - je ne sais toujours pas si vous en avez trois, quatre ou plus - et vous n'êtes même pas bouleversée !

— Bouleversée par la mort ? Je n'ai pas votre âge Nathaniel, j'ai déjà beaucoup vécu, vous savez ! Le pire est derrière moi, croyez-moi ! Sur ces bonnes paroles,

Mary, Nathaniel, je vous souhaite une bonne soirée ! Eh oui, changement de programme, mes enfants ! Je ne dîne plus avec vous, le commissaire m'attend : c'est le prix à payer pour les informations qu'il me donne…

Dès 7 heures, le lendemain, deux hommes en combinaison de plongée étaient à l'œuvre dans le canal. Au bout de deux heures de recherches, en vain, ordre fut donné de sonder un peu plus loin en suivant le courant. Deux autres prirent le relais vers 13 heures. À la tombée de la nuit, il manquait toujours la plus grosse pièce du puzzle. Seul un doigt avait été retrouvé dans les eaux sombres devant l'hôtel, bien trop peu pour crier victoire. Au *Saint James,* l'enquête n'avançait pas plus vite. La femme de chambre qui était tombée sur le bras avait été entendue par les policiers. Choquée à la fois par cette découverte macabre et par l'interrogatoire qu'elle avait subi, elle avait préféré remettre sa démission. Elle en avait assez de cet hôtel de « fous. » Nathaniel ne s'était pas senti visé par ses déclarations. Elle ne l'avait croisé que trois ou quatre fois, elle n'aurait donc pas pu se faire une opinion aussi catégorique et rapide sur lui. Une autre femme de chambre en avait pris pour son grade. Elle avait été dépeinte comme sale et voleuse : son accusation était toutefois mise à mal par le fait qu'elle volait des savonnettes. Sa salle de bains en était remplie d'après ceux qui étaient déjà allés chez elle. La lingère n'était pas épargnée. Son appétit sexuel était apparemment notoire dans le quartier et nuisait à la réputation de l'hôtel et à la propreté de son linge. La cuisinière prit sa défense et démentit. Mais elle couvrait par pure amitié les absences de sa collègue tout en exigeant d'elle des dédommagements en alcool fort. Moralement affaibli, la main gauche posée sur son arme de service, les doigts de la main droite pianotant sur son bureau alors qu'il sifflotait la *Marche funèbre* de Chopin, le commissaire, à la lecture des rapports établis dans la journée, ferma les yeux un instant en se demandant s'il n'allait pas exiger la fermeture administrative de l'établissement.

13

Lorsqu'elle prit les rênes du *Saint James*, quand Anna et Nathaniel se rendirent à Paris pour mettre un terme à leur vie parisienne, Mary s'attacha à réorganiser la vie de l'hôtel avec simplicité et bon sens, assurée du bien-fondé de ses méthodes déjà éprouvées au *Ill Hotel*. Elle allait également défendre la position et le positionnement de Nathaniel, pas toujours très diplomate avec le personnel, pour qu'à son retour, son équipe se montrât plus coopérative et dans de meilleures dispositions à son égard. Ils en avaient discuté, elle et lui : Nathaniel lui laissait évidemment carte blanche, sa confiance en elle, en ses valeurs, en son intégrité, étant totale.

Anna et son jeune compagnon quittèrent donc Strasbourg en toute sérénité. La route fut joyeuse malgré les travaux, les bouchons, les pluies orageuses et le nombre grandissant de conducteurs parisiens à l'approche de Paris. Ils avaient pris en auto-stop, à la sortie de la ville, une jeune femme accompagnée de son chien. Nelson était un boxer de six ans, affectueux, intelligent, joueur, qui aimait sans doute se jeter à l'eau dès qu'il le pouvait, avec une préférence pour des eaux boueuses plutôt que limpides et pures. Sa bouille innocente ne faisait pas oublier sa forte odeur de chien crasseux venant d'affronter une averse. Cela prêta à plusieurs fous rires, notamment de la part d'Anna qui envisageait visiblement d'adopter un chien maintenant qu'elle quittait Paris.

Le retour dans son petit appartement lui donna matière à réflexion : Nathaniel revoyait son arrivée à Paris, après avoir laissé derrière lui ses rêves d'enfant et d'adolescent, ses premières amours, un cadre familial réconfortant. Il considéra le chemin parcouru, inattendu et surprenant. L'expérience strasbourgeoise lui avait montré un autre lui-même, un autre qu'il n'avait jamais perçu aussi clairement, qui ne se serait pas révélé aussi facilement sans l'intervention quasi prophétique d'Anna. Depuis leur première rencontre, elle avait influé sur sa vie, l'avait guidé là où il ne serait pas allé, l'avait amené à embrasser un ailleurs qu'il n'aurait pas recherché. L'esprit rêveur, les mains dans les cartons, il refermait une page de son histoire, confiant en l'avenir, paré d'une volonté et d'une confiance en soi qui lui avaient si souvent fait défaut. Il envisageait sa réussite avec certitude. Celle-ci serait sentimentale et matérielle. Parce que l'une était déjà assurée, l'autre ne tarderait pas à l'être. Parce que l'une ne requérait plus son attention, l'autre réquisitionnerait davantage son énergie, inconsciente et instinctive. Il semblait qu'il avait toujours attendu ce moment pour se réaliser dans sa plénitude. En décrochant le miroir de son hall d'entrée, il se redécouvrit : le jeune homme de quarante ans passés qu'il avait laissé, sans se retourner, en suivant Anna à Strasbourg, était lui et un autre. La même lueur brillait toujours dans ses yeux gris mais sa vision était plus aiguë, plus acérée, pénétrante. Il se percevait différemment. Différent.

Avant de quitter les lieux, il convia chez lui quelques amis et connaissances afin de les quitter proprement à coups de formules d'usage sincères ou un brin hypocrites, embrassades larmoyantes pour certaines et baisers de regret ou d'indifférence pour d'autres. Sur les dix convives, quatre seulement se montraient affectés sans surjouer. En écoutant l'un d'eux qui ne l'était pas pour un sou, Nathaniel eut envie de le faire taire : « Coupé ! Marc, on la refait, tu en as fait des tonnes là, ça sonne faux ! Reprends s'il te plaît, en plus naturel, quitte à ce qu'on change tout le texte ! » Vers deux heures du matin, la pièce s'achevait. Le spectacle avait été assez réussi finalement bien qu'ennuyeux par moments : certains n'avaient pas excellé dans leur rôle, peut-être qu'une erreur de casting avait été commise dès le départ.

Il devait également repasser à *Naughty You* récupérer deux ou trois choses auxquelles il tenait. La standardiste lui avait emprunté six mois plus tôt un livre de recettes. Il ne cuisinait pas mais les photographies du bouquin valaient à elles seules le détour, sans doute pour encourager les plus réticents aux fourneaux. Cela avait échoué le concernant. Un collègue télévendeur devait également lui rendre un pull qui, sans lien évident avec son licenciement le jour suivant, avait été crépi accidentellement de café et de crème. Ce pull lui avait été offert par Isabelle, la colocataire avec qui il avait partagé un appartement pendant trois mois à son arrivée en région parisienne. Son amour pour Nathaniel avait été aussi soudain que son revirement, Nathaniel ne s'étant pas aperçu un beau matin qu'elle le regardait de leur balcon embrasser une autre fille au pied de l'immeuble. S'il n'avait jamais tenu à Isabelle, il tenait à son petit pull marine.

De son côté, Anna avait surmonté nombre d'épreuves : administratives, notariales et fiscales. Elle avait empaqueté ses objets les plus précieux, les déménageurs s'occuperaient du reste. Par bonté mais aussi avec un soupçon d'amitié pure qu'elle ne reconnaîtrait jamais, elle fit cadeau à Madame Carvalho d'un petit meuble et de quelques vêtements qu'elle ne portait plus. Elle lui demanda également de prendre soin des plantes qu'elle ne pouvait pas emporter avec elle, un yucca en très mauvaise santé et un eucalyptus en pleine forme qui avoisinait les deux mètres de hauteur. Ils n'auraient pas supporté le voyage. Leurs adieux se firent dans son appartement dépouillé, sans vie, sans meuble, sans plante. Elles trinquèrent une dernière fois à la vodka, une bouteille ayant échappé à l'emballage pour l'occasion, la gorge nouée, la larme à l'œil. Quant aux bénévoles de l'association, Anna s'était contentée d'adresser un mail au nouveau président en le priant de transmettre ses amitiés à chaque membre, insistant sur son regret de devoir les quitter, sa volonté de profiter de la vie sous d'autres cieux avant qu'il ne fût trop tard. Elle était soulagée de se débarrasser d'eux : réactionnaires, vieille France, intolérants, ils l'insupportaient. Même si elle partageait certains de leurs points de vue, elle n'acceptait pas leur étroitesse d'esprit ni leur mesquinerie. Les côtoyer avait été divertissant pour elle. Elle avait étudié le caractère de chacun, leurs comportements, leurs tics de langage et du point de vue psychosocial, ces gens lui semblaient vraiment intéressants. Ils l'avaient aussi et surtout divertie de sa vie.

Onze jours s'étaient écoulés depuis leur départ de Strasbourg. L'heure du retour avait sonné. Anna avait reçu un appel du commissaire alors qu'ils prenaient un café sur une aire d'autoroute, seulement trente minutes après avoir quitté le périphérique parisien. Les plongeurs étaient remontés en amont, n'ayant rien trouvé en aval. À quinze mètres environ du *Saint James*, au niveau du jardin de la *Petite France*, reposait sur le fond vaseux du lit de la rivière un sac en tissu épais. Il contenait un deuxième sac plus petit, lui-même doublé et lesté de quelques briques, de celles utilisées dans les caves de l'hôtel pour les petits travaux de maçonnerie. Ces sacs gigognes renfermaient le corps d'une femme blonde, mince, de taille et d'âge moyens, estropiée du bras gauche. « Mon cher Nathaniel, je crois qu'il n'y aura finalement que deux ou trois pièces dans le puzzle du commissaire. Voilà qui va lui simplifier la tâche ! » conclut Anna, impassible.

14

La découverte du cadavre les laissa indifférents, en apparence. La route du retour ressembla à une discussion au coin du feu entre un petit-fils et sa grand-mère, réveillant des souvenirs souvent joyeux, parfois tristes. Du temps présent, il n'était pas question. Ils tournaient la dernière page d'une histoire et voulaient la faire revivre une dernière fois. Ils auraient tout le temps de se consacrer à leur avenir et à l'histoire suivante dès leur arrivée à Strasbourg, ce qui, cinq heures plus tard, se concrétisa sous la chaleur d'un après-midi étouffant. Mary les accueillit avec bonne humeur. Elle avait réservé une table sur une péniche pour le soir. La soirée serait ainsi plus fraîche, propice à la détente, aux retrouvailles, au récit individuel de ces quelques jours passés loin les uns des autres. Elle prévint Anna que le commissaire lui avait demandé à trois reprises quand il pourrait la revoir. Si Nathaniel lui fit un clin d'œil évocateur, Anna coupa court à ses badineries en lançant, très terre à terre : « Le commissaire a sans doute des révélations à me faire, Nathaniel, mais c'est de mort qu'il s'agit, pas d'amour, grand bêta ! Auriez-vous oublié que votre hôtel a abrité il y a peu un assassin qui s'en est donné à cœur joie dans l'une de vos chambres, massacrant et démembrant l'une de vos clientes avant de la jeter en plusieurs morceaux au fond du canal ? » Le soir venu, après avoir pris place à leur table et trinqué à leur nouvelle vie, Anna ajouta :

— Une pensée malgré tout pour Marie Lacroix.

— Un toast pour Marie Lacroix alors, lança Nathaniel tout sourire. Qui est-ce ?

— Le cadavre.

— Ah… pardon !

— Inutile de dire « pardon » répondit sèchement Mary. Tu ne la connaissais pas ?

— Non et il est trop tard aujourd'hui pour faire sa connaissance !

— Tu n'as absolument rien loupé !

— Ah !

— Elle était députée européenne.

— Ah ?

— Populiste… de droite !

— Oh !

— Oh ? C'est tout ce que ça t'inspire ?

— C'était un « oh » de circonstance, Mary. Je n'ai pas eu le temps de réfléchir à…

— … et après réflexion ?

— Eh bien… Évidemment, si on considère l'ensemble de sa carrière, que je ne connais pas, et surtout ses idées, que je devine, je dirais… étant donné aussi qu'elle était parlementaire, ce qui peut laisser supposer pas mal de choses… en matière d'intégrité intellectuelle je veux dire… »

Maladroitement, laborieusement, il voulait couper court à cette conversation. Mais le sujet ne fut pas totalement clos. Avec l'entrée fut servi le récit des adieux faussement larmoyants d'Anna à quelques proches mais le plat tardant, Mary revint sur la disparition de la députée. La choucroute fit son arrivée et fut avalée curieusement avec facilité et légèreté : Nathaniel, qui ne s'était jamais attardé avec elles deux sur cet épisode de sa vie, tenta en effet de leur expliquer, à leur demande, le poste qu'il occupait chez *Naughty You*. Il s'appliqua à ne pas entrer dans les détails par décence, puisqu'ils étaient à table, et par discrétion. Il se contenta d'une seule anecdote pour illustrer son emploi : ses négociations mémorables avec cette Galloise qu'une beuverie nocturne avait transformée en styliste New Age pour quadras bobos, coquines et animales. Mary ne se priva pas de comparer sa compatriote britannique à une femme d'aujourd'hui, libre de ses choix et de ses fantasmes, arguant que certains de nos politiques étaient beaucoup plus condamnables pour leurs idées fascistes que cette Mrs O'Conney pour ses strings en laine *llanwenog*. Le streusel aux noisettes clôtura le repas, arrosé d'une liqueur aux quetsches lorraines. « Le parfum est vraiment intense, c'est un délice, je pourrais tuer pour en avoir une bouteille ! Et si c'était le mobile du meurtre ? » suggéra Mary dont l'esprit restait focalisé sur Marie Lacroix.

Cette soirée chiffonna Nathaniel : il avait certes passé un très bon moment et semblait très bien digérer le chou consommé en grande quantité. Mais il se coucha l'esprit préoccupé. Le lendemain matin, lorsqu'il ouvrit péniblement les yeux, ses pensées se portèrent immédiatement sur Mary. Elle avait hanté son sommeil.

Il articula à voix haute son nom avec tendresse. Mary. Et si elle avait tué Marie Lacroix ? Non seulement elle n'avait pas caché son aversion pour cette femme mais elle semblait même obsédée par elle, ne pouvant s'empêcher, lors du repas de la veille, de l'évoquer, directement ou par allusion. Elle l'exécrait pour ce qu'elle représentait. Elle bannissait ses idées politiques, la condamnant sans pitié pour défaut de moralité et d'humanité. Tout son être la rejetait et Nathaniel avait vu dans son regard une animosité qu'il ne lui connaissait pas. Sa couleur de peau justifiait à elle seule qu'elle pût ressentir une telle répulsion vis-à-vis de cette femme. Adolescente, il lui était arrivé de souffrir de sa condition métisse. Ces moments restaient gravés à jamais, ce que Nathaniel pouvait comprendre.

15

Nathaniel évita Mary le jour qui suivit. Il disposait encore de trois journées avant de devoir revêtir, après ces vacances bien remplies, son costume de directeur d'hôtel. Il prétexta vouloir commencer ses recherches immobilières afin de trouver rapidement un appartement pour pouvoir enfin quitter la chambre de *la Petite France* dans laquelle il logeait depuis son arrivée. La tâche ne s'avérait pas aisée puisqu'il recherchait un trois-pièces dans le quartier ou dans un quartier voisin, à moins de quinze minutes à pied du *Saint James*. Contrairement à Anna qui prenait possession de l'appartement de fonction inoccupé de la *Petite France*, il avait à courir les agences immobilières et serait peu visible pendant ces trois jours. Ses explications ne convainquirent pas Mary qui ressentit sa volonté soudaine de prendre ses distances avec elle, sans la comprendre. Elle en toucherait deux mots à Anna.

L'agent immobilier d'Alsac'Appart lui proposa deux visites le jour même. Le premier bien se trouvait au troisième étage d'un immeuble des années 1950. Il était en mauvais état, l'électricité ne répondait plus aux normes de sécurité. Trois pièces le composaient avec une répartition qui laissait songeur : le coin cuisine ouvrait sur un espace qui semblait avoir été une chambre. Il disposait d'une vue magnifique sur l'Ill. La deuxième visite le rapprochait légèrement de l'hôtel.

L'appartement était ancien mais des travaux de rénovation avaient été récemment réalisés. Les finitions avaient été soignées. Un petit balcon lui permettrait de mettre en extérieur une plante ou deux, il pourrait même sortir fumer une cigarette ou bouquiner sur une chaise ou sur un coussin en rotin. Il avait beaucoup de charme. Sans trop hésiter et à sa grande surprise ainsi qu'à celle de l'agent immobilier, Nathaniel signa les deux compromis de vente. Il était temps d'utiliser l'argent que ses parents lui avaient donné cinq ans plus tôt pour l'achat de son appartement en région parisienne, achat qu'il n'avait jamais réalisé. Son salaire actuel lui ouvrant grand les portes du crédit, il pensa investissement et avenir, ce qui ne lui ressemblait pas. L'un des appartements serait mis en location. Il avait trois mois pour décider lequel il habiterait. Au moment de la signature, Monsieur Pierre, l'agent immobilier, releva, non sans une certaine excitation qui se manifestait sous forme de reniflements, réguliers et bruyants, que Nathaniel était le directeur du *Saint James*.

— Le *Saint James* ! Une belle maison, vraiment ! Elle était à vendre quand j'ai débuté. J'avais vingt ans, c'était au milieu des années 1970. Je l'avais fait visiter à un couple de Lyonnais... Ils avaient dix chats. Je me rappelle très bien de ce détail, j'imaginais ce que ça pouvait sentir chez eux ! Et puis il n'y a pas eu de vente, la propriétaire russe a finalement voulu garder sa maison. Elle ne grimace pas un peu avec ce qui s'est passé ?

— Ce qui s'est passé ?

— Le meurtre ! Les journalistes ont été sympas avec vous, ils n'ont pas donné le lieu du crime mais quand on connaît bien un quartier, on connaît les gens et les gens, quand ils vous connaissent, ils parlent !

— Eh oui, forcément…

— On n'est pas à Paris ici, on prend encore le temps de se parler comme on dit ! Et cette députée, vous la connaissiez ? Vous l'aviez vue avant qu'elle se fasse tuer ?

— Non, ni avant, ni après. Je n'étais pas là depuis très longtemps. Je ne la connaissais même pas de nom !

— Ah, vous n'êtes pas d'ici ! Elle faisait beaucoup parler d'elle dans la presse. Une dure à cuire si je puis dire. Elle avait des idées qui allaient peut-être un peu trop loin sur certains sujets mais elle avait beaucoup de bon sens ! Et elle disait tout haut ce que beaucoup pensaient tout bas !

— Sans doute, lâcha péniblement Nathaniel qui ne voulait pas polémiquer sur le bon sens et la sagesse d'une députée d'extrême droite. Et donc, vous connaissiez les Borowski, ceux qui avaient acheté la maison ?

— Bien sûr que non ! Je n'étais pas né ! Les parents Borowski s'étaient installés à Strasbourg après la première guerre. Mon grand-père m'avait un peu raconté leur histoire. Il tenait un petit commerce dans le quartier, il les connaissait de vue. Ils étaient plutôt discrets et sans histoire ! Bien sûr, lorsqu'ils sont arrivés, dans les années 1920, ça a fait beaucoup causer ! Forcément, des

Russes... des aristocrates qui plus est, enfin c'est ce qui se disait. Ils avaient de l'argent. Et vous pensez, ça a dérangé quelques familles du pays parce que certains auraient voulu acheter la maison mais bon, comme toujours, c'est l'argent qui décide pour vous !

— Souvent, en tout cas. Pour être sûr de bien comprendre, l'autre hôtel, la *Petite France*, a donc toujours appartenu aux Borowski ?

— Oui, les parents ont acheté cette maison à leur arrivée. C'est bien plus tard qu'ils ont acquis la deuxième qui est devenue le *Saint James* ! Ils ont fait beaucoup de travaux, ça avait de la gueule après ! Ils avaient cassé des murs entre les deux bâtiments et on pouvait passer de l'un à l'autre. Imaginez la surface habitable totale ! Les anciens pensaient qu'ils ouvriraient un grand hôtel-restaurant... Et puis pendant des années, rien ! C'était leur maison, point. Je ne sais pas ce qu'ils pouvaient bien faire là-dedans, autant d'espace pour une toute petite famille ! Ils avaient deux enfants, je crois. Tiens, je ne sais pas ce qu'est devenu le frère. Et c'est bien plus tard qu'ils en ont fait des hôtels ! Il paraît qu'elle est revenue s'installer ici, la fille ? Enfin, la fille, elle doit avoir soixante-dix ans aujourd'hui ! Si elle vend, vous me prévenez ? Je vous donne ma carte, je ne voudrais pas rater la vente une deuxième fois !

Nathaniel avait eu du flair en choisissant cette agence. Il avait fait l'acquisition de deux belles trouvailles et rencontré ce vieil agent immobilier, témoin du passé. Il le quitta en imaginant à quoi avait dû ressembler cette belle et grande maison, une fois les murs tombés, avec tous ces coins et recoins, ces cheminées de styles différents, ces parquets anciens, ces escaliers en pierre, ces boiseries murales. L'idée était inspirante. Il pourrait en toucher deux mots à Anna, peut-être accepterait-elle à nouveau d'ouvrir les murs.

16

Sa mère lui avait laissé un message sur son répondeur pendant qu'il visitait des appartements. Elle lui rappelait qu'ils étaient à nouveau de passage à Strasbourg et qu'il avait promis de passer la soirée avec eux. Elle lui donnait rendez-vous à vingt heures devant le *Saint James*. Il avait oublié d'écouter son message, consciemment sans doute, et il allait être vingt heures. Comme elle le chargeait de réserver une table, il appela le restaurant indien d'à côté pour être livré rapidement. Il proposerait à ses parents non pas d'aller dans un lieu quelconque, ils en auraient sans doute assez à force de voyager à droite et à gauche, mais plutôt de dîner dans un salon de l'hôtel, dans un cadre intime et chaleureux pour qu'ils puissent s'imprégner du décor et appréhender la nouvelle vie de leur fils. Un excès de fierté le saisit, interrompu par la sonnette de comptoir de la réception : l'Indien était à l'heure, contrairement à ses parents. Ces derniers avaient voulu repasser à leur hôtel pour se changer. Celui-ci était situé à l'autre bout de la ville, une façon pour eux de ne pas imposer leur présence à leur fils.

Le dîner fut joyeux, la bonne humeur régnait laissant de côté pour un court instant les interrogations et les doutes qui ne les avaient pourtant pas quittés depuis leur dernière entrevue. Ils pensaient qu'Anna serait présente pour la soirée. Comme ils comprirent rapidement qu'il n'en serait rien, ils se dirent, après avoir mangé un plat fortement épicé et bu quantité d'eau et de vin, que Mary et non pas Anna les rejoindrait certainement au moment du café. Il était évident qu'elle n'avait pas voulu s'immiscer dans un repas de famille qu'eux trois désiraient ardemment depuis longtemps, n'en partageant plus guère. Mary ne vint pas non plus. Denise et Jean commencèrent alors à apprécier grandement cette soirée. Ils s'assirent autour de leur fils, fiers de leur rejeton qui avait bien grandi et dont la joie de vivre faisait oublier toutes ses erreurs et sans doute aussi, ses vices. Le temps s'était arrêté : ils regardaient sans avoir d'opinion les murs du petit salon à l'étrange tapisserie florale et l'épaisse moquette tartan qui recouvrait le sol. Ils profitaient du moment présent en toute sérénité, sans réflexion parasite venant troubler leur quiétude.

— On se croirait presque dans un décor de *Chapeau melon et bottes de cuir* ! Ça m'a tout de suite frappé la première fois que je suis venu ici ! À propos, vous êtes au courant ? demanda Nathaniel en guettant leurs réactions du coin de l'œil.

— Bien sûr que nous le sommes ! répondit Denise, émue et résignée.

— Et cela ne vous effraye pas trop ?

— On aurait préféré que les choses se passent différemment pour toi… répliqua Jean.

— C'est fou quand même cette histoire ! Qui l'eut crue ?

— Certainement pas nous ! Mais es-tu sûr de vouloir continuer ? se larmoya Denise.

— Sans hésiter ! Je me sens très bien ici malgré les circonstances.

— Nous vieillissons tous, tu sais. À un certain âge, on passe de vie à trépas du jour au lendemain.

— C'est une certitude, mon cher papa !

— Vous avez parlé ensemble de la mort ?

— De la morte !

— Non, de la mort !

— Du cadavre vous voulez dire ?

— Comment ça un cadavre ?

— Mais maman, de quoi parliez-vous ? Vous étiez au courant oui ou non ?

— Pour Anna et toi, oui, pas pour son cadavre ! s'affola Denise.

— Mais je ne parlais pas d'Anna ! Je parlais du cadavre qu'on a retrouvé ici ! Enfin plus exactement de son bras !

— Le bras de qui ? Retrouvé où, ici ?

— Ben ici ! Vous n'avez rien lu dans les journaux ? Une femme de ménage a retrouvé un bras un matin en faisant les chambres !

— Nathaniel, tu plaisantes ? s'étouffa Jean.

— J'aurais aimé mais après un *murgh makhani* qui vous défonce le bide, on évite d'en rajouter en plaisantant sur tout et n'importe quoi !

— Oh mon Dieu, un meurtre ! finit par sortir Denise qui digérait assez lentement l'indien et cette nouvelle.

— Maman, je ne suis pas l'assassin si ça peut te rassurer, la police ne m'a même pas arrêté. Ni menottes ni passage en cellule. Ils m'ont reçu, par contre, poliment, même si l'inspecteur semblait ne pas comprendre tout ce que je lui disais. Enfin, c'est réglé maintenant, on a retrouvé le corps qui allait au bout du bras, il s'agissait d'une députée européenne.

— Un meurtre dans ton hôtel, Nathaniel ! résuma Jean qui se leva d'un bond du canapé. Sois sérieux un petit peu, tu n'as pas peur qu'on te vire si tu laisses faire des choses pareilles ?

— Mais papa, que veux-tu que je fasse ? Je ne peux pas surveiller ce qui se passe dans les chambres quand même !

— Tu devrais mettre un détecteur à l'entrée.

— Un détecteur à métaux ? Tu m'imagines dire aux clients : « Auriez-vous à tout hasard dans vos bagages une hache, une machette, une scie ou un couteau de boucher bien aiguisé ? Je suis désolé mais le détecteur a sonné et comme nous avons déjà retrouvé des clients découpés en petits morceaux, on est un peu plus vigilants aujourd'hui sur la sécurité ! »

— Ils ont retrouvé l'assassin ?

— Pas encore ! C'est tout frais si je puis dire ! Ce qu'il y a de sûr, c'est que l'affaire s'avère délicate pour la police et ils préfèrent prendre leur temps. Le meurtre d'une députée du Parlement européen nécessite qu'on prenne des gants. Peut-être un meurtre politique ? Dans ce milieu, on incommode forcément pas mal de gens, il y en a beaucoup qui auraient pu avoir un mobile sérieux ! La haine n'apporte rien de bon, pas vrai, p'pa ?

17

— T'as vu comme c'est sympa, Strasbourg ? C'est super, franchement ! J'suis pas sûr que je pourrais y vivre parce que, putain, une fois que tu as vécu à Paris, tu peux pas faire marche arrière ! C'est plus que jamais *the place to be*, quoi ! T'as tout ton réseau, t'as ton job, mille opportunités pros, c'est une autre dynamique, sérieux ! Tu me vois quitter La Défense pour me retrouver dans une boîte ici ? Mais bon, le temps d'un week-end, Strasbourg, je kiffe pas mal !

— T'as carrément raison ! Moi, j'adore ! Et regarde les nanas ! Elles profitent de la vie ici, elles sourient, elles sont quand même moins tendues que les Parisiennes ! C'est pas la même vie, je suis d'accord avec toi ! Regarde, la grande qu'on a vue tout à l'heure devant sa boutique, pas trop couleur locale, c'est clair, mais elle était hyper stylée et bien foutue en plus !

— Franchement, le temps d'une nuit, black ou white, tu t'en fous, c'est pour te changer les idées, mon pote !

— Putain, regarde, on dirait Annabelle de l'ESC ! Ah non, c'est pas elle ! La meuf, elle a un sac pourri ! Annabelle, c'était *Longchamp* en toutes circonstances ! Tu te rappelles la fiesta sur la péniche pour la soirée Bachelor Business ? Putain, elle était complètement pétée, elle avait failli passer par-dessus bord, c'te conne !

Nathaniel était dans le jardin en train d'inspecter une fissure sur la façade quand il entendit ces deux trentenaires discuter derrière lui à une table. Chemise à rayures entrouverte sur un torse tondu, lunettes de soleil à la nuit tombante et montre vintage à mille euros, ils arboraient fièrement le look bad boy de la finance. Dans un langage pseudo-branchouille et stylé, propre à leur caste, ils représentaient une caricature d'eux-mêmes et de leur milieu, dans leur superficialité et leurs sujets de prédilection : les filles et le fric. Nathaniel arrivait presque, maintenant qu'il côtoyait des personnes de tout horizon, à deviner la profession de chacun de ses clients lorsqu'ils arrivaient à la réception. La tribu des commerciaux, facilement reconnaissable, était la plus divertissante, à croire qu'ils étaient tous passés par le Cours Florent : leur arrivée annonçait le début d'un spectacle comique de courte durée presque aussi distrayant et subtil que les farces du Moyen Âge.

Ils pouvaient également se montrer odieux et détestables : le moindre accroc virait à la tragédie. Ils invoquaient alors leur supposée et revendiquée condition sociale pour intimider le personnel en menaçant de divulguer sur les réseaux sociaux et sites dédiés au tourisme le caractère cauchemardesque de l'hôtel. Moyennant une remise de soixante-quinze pour cent sur le prix de la nuitée qui leur était pourtant remboursée par leur entreprise, ils vendaient leur silence. Nathaniel avait fini par leur préférer les hommes politiques : également en représentation, ils s'obligeaient à plus de décence et de courtoisie, soucieux de leur image et l'esprit tourné vers les élections à venir. Il se rappela que des politiciens venaient mourir dans son hôtel. Il ne pouvait souhaiter un pareil sort aux commerciaux. Mais il les imagina, avec une certaine jouissance, enfermés dans les caves de l'hôtel, dans l'humidité et le froid, ce qui leur aurait fait perdre à coup sûr de leur superbe.

Il réalisa alors qu'il n'avait jamais mis un pied dans les caves de l'hôtel, pour les raisons mêmes qui le pousseraient à enfermer ses pires clients dans cet endroit. Il connaissait quelques pièces du sous-sol, la buanderie et le cellier, mais jamais il ne s'était aventuré dans l'enfilade de pièces en terre battue qui s'enfonçaient toujours plus loin dans l'obscurité et la saleté. Pour s'assurer qu'aucun client n'était resté enchaîné à un mur, nu et affamé, pour peu que l'ancien directeur ait été plus radical que lui à l'égard des clients insupportables, il s'empara d'une lampe torche et descendit à la découverte du sous-sol, de ses anciens cachots, de sa chapelle pour les exorcismes, du caveau hanté des premiers occupants, d'une salle au trésor dont il serait le découvreur et de quelques autres lieux fantasmagoriques dont son imagination l'abreuvait.

La réalité fut tout autre et fort décevante : la première pièce, passé la porte en fer sans inscription, était une cave à vins d'une trentaine de mètres carrés, sous voûte, avec, contre les murs, de vieilles étagères en métal. Un meuble en bois comportant une trentaine de compartiments abritait au milieu de la salle les meilleurs millésimes. Au fond à gauche se trouvait une ouverture de deux mètres de large en forme d'arche qui débouchait sur un fatras de vieux meubles, de pots de fleurs, de vieux tableaux, de vieilles portes, de lavabos vert olive qui ornaient les salles de bains de l'hôtel vingt-cinq ans plus tôt. Des briques, par centaines, étaient rangées contre l'un des murs, parfaitement alignées sur une hauteur de trois mètres. La troisième salle était nettement plus petite que les deux premières, sans lumière au plafond. Nathaniel put se servir de sa torche : trois armoires en formica étaient placées côte à côte, les portes entrouvertes. Elles étaient vides. Une vieille cage qui ressemblait à une volière était déposée juste à côté, à même le sol, de manière bancale. Elle était remplie d'animaux empaillés sur toute sa hauteur. Lorsqu'il la découvrit, Nathaniel poussa un râle vibrant plein d'effroi puis rit nerveusement en espérant qu'aucun de ces animaux n'allait cligner des yeux ou grogner. Il n'était pas amateur de films d'horreur mais le scénario auquel il pensait à ce moment-là aurait pu remporter le Saturn Award. Il fit l'impasse sur la prospection des armoires, échaudé par cette découverte. Il allait faire demi-tour lorsqu'il entendit un léger bruit sur sa gauche, presque imperceptible mais suffisamment remarquable pour qu'il ne pût plus contenir les battements soudain assourdissants de son cœur. Il se figea. Puis lentement, il pointa sa lampe torche vers la source supposée de la « chose ». Le sol n'était que terre et poussière. Il remonta méthodiquement son faisceau. Ce faisant, il la vit : elle le fixait des yeux.

18

Elle portait une longue robe noire en satin, ornée de broderies et de perles, avec un décolleté carré. Ses cheveux étaient remontés sur la nuque, quelques boucles noires encadraient l'ovale de son visage à la peau très claire. Son regard était profond, presque impérieux. Ses yeux, gris ou bleus, étincelaient. S'il avait d'abord été charmé, il devint presque embarrassé voire intimidé, pour une raison qu'il ignorait encore. Il s'avança vers elle, sa lampe torche plaquée sur ses mains. Fascinantes, ces belles mains jointes par le bout des doigts, les paumes légèrement écartées. Elle le priait presque, avec impatience et autorité, de se rapprocher encore un peu plus pour être tout près d'elle.

Le cadre en bois doré semblait en parfait état malgré la couche de poussière qui le recouvrait. Les détails de sa robe et de son visage se révélaient à mesure qu'il s'avançait et que la lumière se focalisait sur un détail en particulier puis sur un autre. Il souffla sur son visage et sa gorge avec la délicatesse d'un archéologue délaissant son pinceau pour éviter d'endommager sa découverte. Il souffla sur sa robe au niveau de la ceinture puis sur ses deux mains, fines et délicates, qui ne portaient aucun bijou à l'exception d'une bague émeraude. Nathaniel sourit. Il reconnaissait cet anneau. Il se redressa, son visage scrutait maintenant celui du portrait. La poussière fut soufflée une dernière fois, dans une longue expiration, révélant ainsi pleinement ses yeux et ses traits qui lui étaient familiers.

Nathaniel se demanda si Anna se souvenait de l'existence de ce tableau. Le portrait de sa mère, peut-être même de sa grand-mère, ne pouvait rester au fin fond des caves de l'hôtel. Il méritait une place plus honorable, peut-être dans le petit salon du *Saint James*, face aux baies vitrées ouvrant sur le canal. Il voulut vérifier l'état du cadre et de la peinture avant de demander à Anna son accord. Il attrapa comme il put le tableau pour le ramener dans la partie éclairée des caves. C'était une toile en bon état, une fois exposée à la lumière des néons et totalement dépoussiérée.

Il manquait toutefois la partie basse du cadre, le bois ayant peut-être souffert de l'humidité du sol. La bordure d'encadrement avait dû se détacher. Il retourna la chercher, toujours armé de sa lampe torche. Il éclairait alternativement le sol et le plafond pour être sûr de savoir où il posait les pieds sans risquer de se faire prendre dans une toile d'araignée. Il découvrit des objets auxquels il n'avait pas prêté attention quelques minutes plus tôt. Il tomba notamment sur une vieille lampe Art déco. En laiton doré et patiné, elle était d'une élégance remarquable, animée de six verreries qui devaient diffuser la lumière. Il pourrait peut-être la mettre en valeur sur un guéridon ou dans une niche murale. Le palier du troisième étage était tristement vide. Puis il se dirigea au fond de la cave, là où le tableau avait été déposé.

Il trouva facilement la pièce manquante de l'encadrement du tableau, légèrement effritée, ce qui le rassura : un peu de colle à bois et deux ou trois pointes de chaque côté suffiraient à la fixer solidement sur le cadre. Alors qu'il se redressait pour retourner à l'entrée des caves, son regard fut attiré par des points brillants en face de lui qui reflétaient la lumière de sa lampe. Une porte en bois cloutée, visiblement plus récente que tous les objets contenus dans ce lieu, se présentait devant lui. Que de surprises dans ces vieilles caves ! Il essaya de l'ouvrir mais elle était verrouillée. En regardant par le trou de la serrure, sa lampe l'éclairant en biais, il vit qu'une clé était enfoncée depuis l'autre côté. Au vu de la configuration de ces trois caves et de leur alignement, il savait que la pièce derrière cette porte se trouvait dans les sous-sols de l'hôtel voisin. Une visite plus approfondie de la *Petite France* s'avérerait nécessaire.

19

La police avait enquêté, sans grand résultat : elle avait conclu à un homicide volontaire avec préméditation, conclusion irréfutable étant donné le sort qui avait été réservé à la victime. Il lui manquait toutefois le mobile et l'assassin, ce qui mettait le commissaire et amoureux éconduit d'Anna en rogne. Il devrait donc passer les prochaines semaines à tenter d'élucider une affaire qui paraissait complexe et insoluble. Les tests ADN n'avaient rien donné, la fouille de l'hôtel et les auditions non plus. Les députés et assistants parlementaires avaient évidemment chacun une analyse à proposer.

Certains dénonçaient les idées politiques de Marie Lacroix, nauséabondes, d'autres, le fait qu'elle était à la tête d'un groupe parlementaire alors qu'elle n'était qu'une femme, d'autres encore, qu'elle disposait d'une fortune considérable et enviable dont l'origine était douteuse. Une députée écologiste avait relevé les tensions effroyables entre son assistant et elle. Les couloirs du Parlement avaient été à plusieurs reprises, les semaines précédant sa mort, le théâtre de leurs nombreux désaccords. Elle le traitait comme un larbin incapable, responsable de ses propres échecs. Il était ambitieux et ne supportait plus de se voir rabaissé à tout va et de perdre tout contrôle sur son avenir politique à cause d'elle. Il avait été entendu par la police au sujet de leur dernière engueulade publique qui avait fait grand bruit.

Mais aucune preuve ne le désignait comme un assassin psychopathe, assoiffé de sang, machiavélique et fétichiste des bras ou des doigts… ce dernier point n'ayant toutefois pas encore été tranché.

Anna avait souhaité fêter ce non-événement avec Mary et Nathaniel sans pour autant se réjouir de l'impasse dans laquelle l'enquête se trouvait et dans laquelle les policiers se baladaient ou étaient baladés. La propriétaire de l'hôtel où eut lieu ce crime odieux et son directeur pouvaient toutefois être satisfaits en l'état actuel des choses, la réputation de l'un et de l'autre étant préservée après cette sombre affaire. Il s'agissait d'un sale coup du destin, d'un coup de malchance qui leur aura donné quelques frissons et sueurs froides, rien de plus. Un toast au muscat d'Alsace fut porté « pour la suite heureuse des événements » qu'Anna envisageait naturellement sans une ombre au tableau. Un deuxième toast fut proposé par Mary qui voulait souhaiter la bienvenue à Jean-Aimé, le jeune basset hound de trois ans qu'Anna venait d'adopter. Il s'appelait auparavant Toutou mais sa nouvelle patronne avait décelé chez lui une grande intelligence et avait voulu lui donner un prénom plus noble qui ne les ridiculiserait pas, elle et lui.

Anna en profita pour leur annoncer qu'elle s'absenterait quelques jours. Elle devait rendre visite à un vieil ami qu'elle n'avait pas vu depuis des lustres. Nathaniel se porta volontaire pour garder Jean-Aimé.

Elle refusa poliment, l'ami en question possédant un grand parc qui ferait le bonheur de son jeune compagnon. Nathaniel essaya d'en savoir plus, par simple curiosité et en toute amitié. À l'accoutumée, ayant décrété qu'il n'était pas utile qu'il en sût plus, elle lui lança dans un grand sourire : « Pas tes oignons, mon petit ! » Nathaniel fut amusé de ce tutoiement spontané et de cette légèreté inhabituelle. Il ne sut que répondre, les performances de son cerveau ayant été atomisées par le muscat et la faim qui le tiraillait. Il faillit rebondir sur la flammekueche qu'il allait dévorer sous peu mais elles ne le louperaient pas et, conscient de la faiblesse de sa répartie, se tut et soupira.

20

Mary accompagnerait Anna chez ce mystérieux ami, elle ferait l'aller-retour sur deux jours. Nathaniel superviserait la gestion des deux hôtels, le *Saint James* et L'*Ill Hotel*, ainsi que de la *Petite France* dont Mary était devenue la codirectrice. En cas de difficultés conséquentes, il la contacterait pour prendre conseil. Lorsqu'il lui demanda ce qu'elle entendait par « difficultés conséquentes », elle parut perplexe : « Si un incendie se déclare, ne me préviens pas, ne joue pas à Superman, appelle directement les pompiers. S'il y a une épidémie de gastro, prends des vitamines C et bois du café, beaucoup de café. Tu devras t'occuper, faute de personnel s'il est à l'agonie, des chambres, de l'accueil, de la blanchisserie, de la cuisine. Si, toi-même, tu étais indispo, malade comme un chien… eh bien prends un seau avec toi, bois du Coca et au boulot ! » Anna était amusée. Elle lui indiqua qu'en dernier recours, il pouvait contacter l'agence de travail intérimaire avec laquelle ils avaient l'habitude de travailler.

— Et si notre assassin décide de se manifester à nouveau ? Il fantasme peut-être déjà sur un nouveau bras… Et si ce bras est client chez nous, il pourrait agir rapidement.

— Tu as raison, Nathaniel, répondit Mary. Par précaution, préviens nos clients qu'un assassin sévit dans le coin et qu'il est essentiel qu'ils aient fait assurer leurs bras par leur assureur. La Direction déclinera par ailleurs toute responsabilité en cas de coupure de doigt.

— Nathaniel, prévenez-les aussi que le canal n'est pas une poubelle et qu'il serait courtois de leur part d'en toucher deux mots à l'assassin s'ils venaient à le rencontrer. Le canal contribue grandement au charme de la ville, il faut le protéger.

— Plus sérieusement, mesdames, nous pourrions envisager d'installer des caméras à la réception et dans les couloirs des étages ?

— C'est envisageable. Je vous laisserai éplucher la réglementation en vigueur, les formulaires cerfa et autres joyeusetés de nos administrations. N'oubliez pas toutefois que nos hôtels sont sûrs et que nous n'avons pas besoin, dans l'absolu, de caméras de surveillance. Il ne faudrait pas que nos clients aient des doutes à ce sujet.

— Ils n'en ont sans doute pas mais sait-on jamais… D'autant que les maisons sont grandes, les greniers et les caves feraient de belles cachettes pour des gens malintentionnés !

— Impossible, Nathaniel ! Tout est verrouillé ! Et nous sommes peu nombreux à avoir la clé.

— À ce propos, j'ai visité les caves hier ! Je n'y étais jamais allé ! Je me suis dit qu'il y avait peut-être un trésor caché…

— S'il y a un trésor caché, il est à moi, je suis propriétaire des lieux !

— 50-50 si j'en trouve un ?

— Vous prenez des vessies pour des lanternes !

— J'aurais essayé ! Et si je trouve des objets qui pourraient servir à la déco du *Saint James* ? J'ai repéré une superbe lampe Art déco qui ferait sensation sur le palier du troisième ! Et... un magnifique tableau, grandeur nature, que je pourrais accrocher dans le petit salon !

Anna ne répondit pas. Mais une légère crispation apparut sur son visage. Nathaniel regarda discrètement Mary qui semblait à son tour tendue. Cette affaire du tableau ne les avait pas laissées de marbre, comme il l'avait pressenti. Cette vieille toile, si réussie fût-elle, n'en était pas la cause, évidemment. Mais il savait qu'elles lui cachaient quelque chose. Il avait décelé en elles depuis quelque temps des signes de nervosité qui ne leur étaient pas habituels. Mary s'était par ailleurs montrée sans concession vis-à-vis de la victime. Et Anna avait pris cette tragédie avec tellement de légèreté. Nathaniel, sans vouloir jouer au détective amateur, ayant perçu cette part de secret qu'elles entretenaient toutes deux, voulait tirer les choses au clair. Sa désinvolture lui servait de masque et ne risquait pas d'éveiller les soupçons. Intérieurement, son anxiété grossissait à mesure que de nouvelles interrogations se faisaient jour : elles l'obsédaient car il avait peur d'avoir beaucoup à apprendre et peut-être beaucoup à perdre.

21

Le départ de Mary et Anna lui donna rapidement la possibilité de creuser un peu plus ce qui le tourmentait. Et l'un de ces principaux tourments prenait les traits d'une jeune fille brune aux yeux envoûtants, figée à jamais sur un tableau enfermé dans un lieu obscur. Il avait rêvé d'elle la veille de leur départ. Il était descendu chercher un renard empaillé dans l'ancienne volière. Le tableau avait repris sa place d'origine. Alors qu'il allait repartir, elle l'avait appelé : « Jeune homme, approchez, je vous prie ! » et elle s'était retournée. Elle avait ouvert la porte et l'encourageait par un sourire doux et apaisé à la franchir. Sitôt de l'autre côté, le seuil céda et le fit plonger dans le canal. L'eau de la rivière, étrangement chaude, était bleutée. Des bras, des jambes, des têtes le frôlaient en suivant le courant. Une ombre lui fit relever la tête : une barque s'était immobilisée au-dessus de lui avec à son bord, une femme qu'il distinguait mal et qui effleurait l'eau de sa main. Elle portait un anneau serti d'une émeraude chatoyante.

Il se rendit dans la matinée, après cette nuit agitée, à la *Petite France* s'assurer que tout se passait pour le mieux. Il avait prévu de s'y rendre toutes les deux heures, jusqu'à l'arrivée du surveillant de nuit. À dix heures, il ne rencontra que la cuisinière qui lui signala que la boulangerie avait eu un problème de four et qu'elle avait dû s'approvisionner auprès d'un autre boulanger. À midi, il échangea un court instant avec l'une des femmes de ménage. Les toilettes de la chambre 24 étaient bouchées. Elle avait versé du vinaigre blanc, faute d'avoir en réserve un produit plus puissant, mais cela n'avait pas fonctionné. Il lui promit de s'en occuper avant quinze heures, après avoir récupéré le furet de plomberie du *Saint James*.

Alors qu'elle remontait dans les étages pour finir son travail, il récupéra un trousseau de clés dans le bureau de la direction et se dirigea vers l'escalier de secours. Il permettait de descendre jusqu'au sous-sol. Ce dernier était très bien aménagé, propre, aéré, éclairé. Il en fit le tour rapidement et remarqua avec regret qu'aucune porte n'ouvrait sur d'autres espaces. Sur l'un des murs qu'il pensait mitoyen avec le *Saint James* se trouvaient des étagères murales en bois dont les niches étaient remplies de produits ménagers et autres articles utiles tels que des rouleaux de papier toilette, des cintres en bois ou encore des savonnettes individuelles pour la clientèle. Il explora chaque caisson et sa déception fut immense : il n'avait trouvé aucun mécanisme permettant l'oscillation des étagères et découvrant, ainsi qu'il l'avait imaginé, une porte de liaison entre les deux maisons. Car ce passage existait, il en était convaincu. Cela ne relevait pas de son imagination. Les châteaux depuis l'époque médiévale disposaient de pièces et couloirs secrets pour abriter des objets précieux, prendre la fuite ou regagner discrètement des appartements privés. Qui ne rêverait pas d'avoir chez lui, quelle qu'en soit la raison, un espace dissimulé, inconnu de tous ? Les Borowski ne dérogeaient pas à la règle, quelles qu'en fussent leurs raisons.

Il inspecta alors un autre mur du sous-sol tapissé de plaques de liège, sans doute pour leur qualité anti-humidité. Sans grande illusion car d'après ses calculs, il n'était pas mitoyen, il tapota chaque bande verticale. L'une d'elles ne lui renvoya pas le même son. Son cœur se mit à battre plus vite : son excitation grandissait en même temps que l'assurance de réussir. De son index, il fit le tour de la jointure qui était, sur l'ensemble du mur, trop épaisse selon lui. Rien. Du bout des doigts, à petits coups répétés et rapides, il examina le bord intérieur de la plaque, dans sa largeur et sa hauteur. La résonance particulière qu'il perçut à environ un mètre du sol, de part et d'autre, lui fit pousser un « bingo » qui se fit entendre avec éclat dans le silence des lieux.

Il appliqua ses mains sur la plaque à ce niveau-là près des jointures et, machinalement, poussa. La plaque se détacha du mur : elle s'enfonça tout en coulissant sur la gauche, ouvrant sur une pièce relativement large, longue de plus de dix mètres, d'où s'échappait l'odeur si caractéristique du moisi, de l'humidité. Il lui semblait pénétrer dans une caverne. L'interrupteur, d'abord introuvable, à distance de l'entrée, fonctionnait, ce qui rassura Nathaniel. À quelques mètres devant lui se trouvait une porte en bois, identique à celle masquée par le tableau. La clé était enfoncée dans la serrure. Il la tourna sans difficulté sans pour autant vouloir ouvrir la porte. Il ne pouvait pas s'être trompé. Et cette découverte confirma son intuition : l'assassin avait utilisé cet accès pour transporter le corps de Marie Lacroix hors du *Saint James*, jusqu'au canal à l'extrémité du jardin-terrasse de la *Petite France*.

Les policiers n'avaient pas réussi à déterminer comment le corps s'était retrouvé au fond de l'eau, à vingt mètres des murs du *Saint James*. Ils avaient écarté la piste du bateau à moteur, qui aurait été facilement repérable. Une barque à rames, à l'heure supposée de l'immersion du corps, aurait attiré l'attention d'éventuels insomniaques ou promeneurs de la nuit. Personne n'avait témoigné. Ils avaient également vérifié la caméra de surveillance devant l'hôtel : l'assassin n'avait pas emprunté la rue. Ce mystère restait entier pour la police et Nathaniel ne souhaitait pas leur faire part de ce qu'il avait découvert.

22

Lorsque Anna l'appela vers dix-huit heures pour s'assurer que « tout allait comme sur des roulettes », il prit un air dégagé et répondit :

— Un problème de toilettes bouchées, un problème d'approvisionnement en viennoiseries et pains, un problème de réservation pour un couple de Hollandais, une porte grinçante qui pose problème aux clients de la 32, une petite vieille du quartier qui a remis en question la fraîcheur des crevettes… Rien d'exceptionnel donc, tout roule, soyez rassurée, Anna !

— Très bien Nathaniel. Une petite vieille de mon âge, je suppose ? Dites-moi, Mary est bien arrivée ? Elle est partie en début de matinée.

— Non, enfin si peut-être, mais je ne l'ai pas encore vue. En même temps, ça fait une trotte depuis la Normandie !

— La Normandie ? Bien essayé, Nathaniel ! Mais je ne suis pas en Normandie.

— Il me semblait…

— … rien du tout puisque je ne vous avais rien dit ! Je peux vous le dire, si ça peut éviter que vous vous torturiez l'esprit à la recherche d'indices que j'aurais pu semer !

— J'ai l'esprit aussi tranquille qu'un chiot qui vient de naître !

— Ça ne m'étonne pas ! À ce propos, Jean-Aimé vous donne le bonjour !

— Fort aimable de sa part ! Il m'avait promis de m'envoyer un texto pour me raconter votre voyage jusqu'à… La Baule ?

— Encore raté ! Cessez de jouer, vous me fatiguez avec votre air je-vais-vous-faire-cracher-le-morceau ! Je suis en Touraine, Nathaniel !

— En Touraine ? J'adore cette région !

— Vraiment ?

— Oui, je connais très bien le Val de Loire. Si vous visitez des châteaux, envoyez-moi des photos sans me dire desquels il s'agit. À chaque bonne réponse, vous m'augmenterez de deux cents euros par mois !

— Rien que ça ? Je vais faire comme si je n'avais rien entendu ! Celui où j'habite, vous ne le connaissez pas. C'est lui le vieil ami dont je vous ai parlé.

— Ah ! Et moi qui imaginais que vous aviez un vieux soupirant normand ! Ce qui m'attristait pour le commissaire, je ne vous le cache pas ! Il est fou de vous, à en perdre la tête !

— Je le sais ! Et je l'ai déjà remis à sa place, je ne peux pas faire plus ! Je dois vous laisser, Nathaniel. Vous avez du travail et j'en ai aussi ! conclut-elle sans plus de formalité en raccrochant aussitôt.

Anna ne finissait pas de le surprendre. Il doutait toutefois de ce qu'elle lui avait dit : il se pouvait très bien qu'elle lui eût raconté cette histoire de château en Touraine pour s'amuser de lui. Mary, qui était très proche d'Anna, prendrait un malin plaisir à pousser le jeu encore plus loin. Il ne pouvait décidément pas se fier à elles deux ! Si cette réflexion le fit sourire, il les imagina également complices dans le crime, ce qui le troubla et le peina presque tant il imaginait ce scénario vraisemblable. Elles devaient connaître l'existence du passage dans les caves. Elles avaient pu agir ensemble pour commettre ce crime odieux. Pour quelle raison, il n'en avait aucune idée. La venue d'un nouveau client le sortit de ses songes : il enregistra son arrivée et s'occupa des formalités habituelles.

Ce jeune homme d'une trentaine d'années, aux yeux vairons, au crâne rasé, ne lui était pas totalement inconnu. Il était peut-être déjà descendu au *Saint James*. Nathaniel lui remit les clés de la chambre 13, la seule disponible. Il prévint qu'il ne voulait pas réserver une table pour le dîner, il devait absolument plancher sur un dossier sensible et urgent. Il attendait toutefois une visite, une personne qui devait lui remettre des documents confidentiels. Il pria Nathaniel de le prévenir lorsqu'elle arriverait. Elle se nommait Madame Baron et se manifesterait à vingt-deux heures sonnantes. Nathaniel l'assura qu'il serait immédiatement averti de sa présence dans l'hôtel. Il lui répondit en chuchotant, ne sachant s'il s'agissait en réalité d'un rendez-vous galant, d'une « rencontre tarifée » bien que ce ne fût pas le style de la maison ou d'une entrevue clandestine dans une affaire d'espionnage industriel. Il n'excluait pas la possibilité qu'il s'agît d'agents secrets : la politique et les relations diplomatiques étaient au cœur de la vie quotidienne strasbourgeoise, les espions devaient grouiller un peu partout.

23

Nathaniel s'était rendu de bon matin chez un nouveau fournisseur de confitures et de miels. La boutique ne se situait qu'à un petit kilomètre du *Saint James*. Appréciant pleinement cette courte balade dans les rues encore paisibles du vieux quartier, téléphone éteint puisque sa batterie s'était totalement déchargée, il prit le temps de s'arrêter pour boire un café en terrasse et manger un petit pain recouvert de sucre glace. Il humait l'air frais du matin, regardait les commerçants ouvrir leur boutique, les personnes âgées s'engouffrer dans les magasins tout juste ouverts, les étudiants se shooter au café, des hommes et des femmes de tout âge, de toute allure, courir au bureau. Il était près de dix heures quand il sortit de cette douce torpeur et se remit en marche. Les gyrophares des deux voitures de police garées devant le *Saint James* ne prêtaient pas à l'équivoque : la journée avait mieux commencé qu'elle ne finirait.

En entrant dans le hall, il jeta un regard interrogateur à Mary qui avait dû être appelée à sa place puisque lui n'était pas joignable. Elle lui rendit son regard en l'agrémentant d'un mélange de reproche, de lassitude et de contrariété qui en disait long sur son état d'esprit. Plutôt que de s'approcher d'elle, il alla saluer le commissaire qui échangeait avec l'un de ses agents. La chambre 13 devait être maudite : on venait de retrouver le corps inanimé de son occupant, en entier cette fois-ci, faisant trempette dans la baignoire. Sur le rebord carrelé blanc figuraient les cinq lettres rouge vif du mot « adieu » qu'un doigt hésitant avait dessiné en pressant le tube de dentifrice. À côté du lavabo, les policiers avaient retrouvé un petit sachet qui avait visiblement contenu une poudre blanche et floconneuse. Une bouteille de parfum, sans lien évident avec la cause du décès, et une bouteille de rhum presque vide dont le taux en alcool dépassait les 80°, étaient déposés à côté de la robinetterie.

Nathaniel fut à nouveau invité à se rendre au commissariat pour être entendu. Il comprenait qu'il était inconvenant d'enchaîner les entrevues avec le commissaire pour de sombres histoires de meurtre commis dans son hôtel. Cela finirait par nuire à la réputation du *Saint James*. Il décida donc de se montrer plus coopératif, plus courtois et, tout au moins, moins ironique. Il n'avait en réalité pas grand-chose à lui apprendre : il avait enregistré l'arrivée de la victime la veille au soir vers dix-huit heures. À vingt-deux heures, une certaine Madame Baron devait lui remettre des documents. Mais il avait été appelé pour une climatisation en panne dans une chambre. Mary Hutchinson, rentrée de Touraine deux heures plus tôt, l'avait donc remplacé à la réception pendant une trentaine de minutes. Ce matin, il s'était rendu chez un nouveau fournisseur à huit heures. Il n'avait donc pas revu ce client depuis son installation dans sa chambre.

Le commissaire lui avait paru plus détendu cette fois-ci, ce qu'il apprécia grandement. Nathaniel se promit donc de ne plus se moquer ouvertement de lui, notamment devant Anna. Lorsqu'il le quitta, il croisa Mary qui attendait dans le couloir. Son tour suivait. Elle lui adressa un pâle sourire. « Il est bien luné aujourd'hui, tu vas voir ! Aucun trépignement, aucun toc d'énervement, en pleine forme ! On lui a peut-être dit que dans six mois, c'était la quille ! Tout a l'air de lui glisser dessus ! » Il allait rajouter une allusion à son amour contrarié pour Anna lorsque le commissaire passa la tête par la porte pour demander à Mary de rentrer. Leur rencontre fut brève : Mary n'avait jamais rencontré la victime, elle n'était pas là quand il avait pris possession de sa chambre. Elle avait effectivement remplacé Nathaniel pendant une vingtaine de minutes à l'accueil, aux environs de vingt-deux heures. Mais aucune personne extérieure à l'hôtel ne s'était présentée à elle pour demander à rencontrer ce client.

Moins de quinze minutes plus tard, elle ressortait du commissariat. Elle tenait à la main ses lunettes de soleil et semblait hésiter à les remettre. Le soleil n'était plus aussi violent à cette heure de la journée. Et elle n'avait plus à cacher ses cernes, à se protéger du regard de Nathaniel qui avait dû rentrer à l'hôtel. Mais il était là, il l'avait attendue. Elle ne lui montra pas sa surprise ni le plaisir qu'elle ressentit à le voir au pied des escaliers de l'hôtel de police. Il passait sa main sur sa nuque, comme pour se détendre, et lisait quelque chose sur son portable. Pour la première fois, elle prit conscience, au-delà des apparences et des rôles qu'il choisissait de jouer selon les circonstances, qu'il était un homme simple et attentionné. Son côté enfantin lui interdisait d'expérimenter le pire qu'un homme pouvait donner à voir. Bien que déroutant et agaçant parfois, il était son propre garde-fou contre toute dérive.

24

Le lendemain, en milieu d'après-midi, Nathaniel se décida à appeler Anna pour l'informer des événements de la veille. Il n'était plus question de remettre à plus tard :

— Bonjour Anna, je ne vous dérange pas ? Tout se passe bien ? La vie de château vous convient ? Vous vous sentez détendue, épanouie et de bonne humeur ?

— Vous ne me dérangez pas. Et, oui, merci, ma bonne humeur est au rendez-v…

— … Hop hop hop, n'en dites pas plus ! Je risque de vous faire mentir !

— Comment cela ?

— Vous êtes assise, au calme et au frais ?

— Je vous écoute, dépêche-toi !

— « Vous » et « tu » en même temps, ce n'est pas bon signe pour moi !

— Et cela ne va pas s'arranger si vous tournez encore longtemps autour du pot !

— Okay, ne vous fâchez pas ! Pas tout de suite en tout cas… Voilà ! Mary et moi avons rendu visite à la police hier après-midi, on a discuté un moment avec votre ami, le commissaire. Il était en pleine forme, détendu, plutôt reposé j'ai trouvé et calme comme jamais auparavant !

— Il part bientôt à la retraite !

— Ah ! J'avais vu juste !

— Continuez.

— Oui, pardon ! Donc votre ami nous a reçus, séparément. Il voulait nous entendre, avoir notre avis sur…

— Il vous interrogeait, quoi !

— Oui, oui, d'une certaine façon je présume… Alors… euh… figurez-vous, et je sais que vous ne croyez pas aux signes du destin, aux trucs qui se répètent tout ça tout ça… mais voyez-vous, parfois des choses arrivent, plusieurs fois de suite même, sans pour autant signifier quelque chose en particulier. Vous saisissez ?

— Très bien ! Je comprends surtout que je n'ai plus que deux minutes à vous accorder, j'attends une visite. Alors la suite, tout de suite !

— Okay ! Anna, l'heure est grave. On a encore retrouvé un mort dans une chambre ! En entier, ce qui va simplifier le travail des enquêteurs mais mort quand même.

— Vous l'aviez croisé ?

— Oui, je l'avais accueilli avant-hier : la trentaine je dirais, plutôt pédant, le style de mec qui se croit beau et important, genre VRP ou avocat d'affaires, vous voyez !

— Plus ou moins, à vrai dire ! Mais là n'est pas la question ! Il n'a pas été tué pour cette raison même si on peut parfois en rêver, pour ces raisons justement.

— C'est sûr ! Je n'étais pas là quand Louise l'a retrouvé dans sa chambre…

— Et Louise a prévenu Mary puisqu'elle n'arrivait pas à vous joindre. Et la police est arrivée.

— Vous étiez au courant !

— Oui, le commissaire m'a prévenue hier soir. Cet homme travaillait au Parlement. Il était l'assistant parlementaire de Marie Lacroix.

— Tiens donc !

— Et sa mort ne semble pas suspecte, ce qui évitera à votre cerveau de concocter à nouveau une histoire abracadabrante !

— Il n'a pas été assassiné ?

— Trop tôt pour le dire ! Mais a priori il s'agirait d'un suicide avec une mise en scène un peu grotesque je vous l'accorde... Mais il n'y a aucun élément laissant penser qu'il s'agisse d'un assassinat ! L'avantage du suicide dans le cas présent, c'est que l'affaire ne devrait pas être divulguée, par respect pour la famille.

— Je comprends ! Et c'est tant mieux pour nous. Et, rajouta-t-il d'un ton hautain et pincé : trop de meurtres finiraient par ternir notre réputation. En tant que directeur du *Saint James*, je tiens à la tranquillité d'esprit de nos clients ! Pas au repos de leur âme !

— Vous êtes incorrigible ! Cessez de rire de tout, tout le temps ! Vous avez quand même un problème à régler mon petit Nathaniel : vous devez convoquer rapidement les employés de l'hôtel pour les rassurer, qu'ils ne croient pas que le *Saint James* soit devenu « L'Auberge rouge » ! Vous ne connaissez peut-être pas ce film ? Et demandez-leur de ne pas ébruiter cette affaire. À vous de choisir les mots appropriés. Restez également à la disposition du commissaire qui pourrait avoir besoin de vous entendre à nouveau. Et... j'allais oublier...

Emmenez Mary quelque part, un soir où vous ne travaillez pas. Je la trouve fatiguée en ce moment, elle n'a pas trop la frite.

— Avec plaisir ! Je vous enverrai la note, vous aurez l'impression d'avoir participé !

Anna se mit à rire, Jean-Aimé ayant glissé sur le parquet qui venait d'être ciré alors qu'il courait comme un dératé derrière le chat. Nathaniel pensa que son trait d'esprit avait fait mouche et il en fut flatté car Anna souriait plus souvent qu'elle ne riait. Quant à Mary qui était entrée dans la pièce sans faire de bruit deux minutes plus tôt, ayant entendu la fin de la conversation puisque le haut-parleur était branché, elle eut un large sourire et, de sa main gauche, attrapa un paquet d'enveloppes qui traînait sur le bureau et l'envoya sur la tête de Nathaniel : « Puisque tu dois m'emmener quelque part, sur les ordres d'Anna, conduis-moi au Jardin des Deux Rives, je voudrais boire une bière ! Et autant le faire en Allemagne, j'ai aussi besoin de changer d'air ! »

25

Serguei prenait un bain de soleil au Pâquis. Il était allongé sur sa serviette à même le béton, bercé par la chaleur matinale du soleil et le va-et-vient paisible des habitués du lieu. L'eau du lac était fraîche mais il s'en moquait : quelle que fût la saison, il plongeait dans les eaux du Léman et nageait pendant une heure, une à deux fois par semaine, souvent seul. Enfant sage mais gâté, adolescent tête brûlée, il avait abandonné ses études à vingt ans pour suivre un garçon en Suisse. Leur relation avait été éphémère mais il était resté à Zurich. Il avait enchaîné les petits boulots, vivant surtout de ses rentes. L'argent n'était pas une fin en soi, il travaillait seulement pour s'occuper et vivait sans se soucier du lendemain. Quelques années plus tard, il avait rencontré une jeune pianiste à Berne dont il était tombé fou amoureux. Ils avaient eu un fils. Markus avait disparu le jour de ses vingt et un ans alors qu'il voyageait en Europe centrale. Aucune explication n'avait pu être apportée à ses parents sur sa disparition. Son corps n'avait jamais été retrouvé.

Serguei, ayant cru reconnaître la voix d'un ami également habitué des lieux, se redressa. Il s'était trompé. Il se leva pour aller chercher un café et un *bircher*. Il déjeunerait et rentrerait chez lui travailler un moment. Il avait fini par devenir peintre. Son téléphone sonna alors qu'il regagnait sa place : « Anouchka » s'afficha sur l'écran. Ils se téléphonaient peu, se voyaient deux à trois fois par an, ne s'écrivaient jamais. Il était son cadet de sept ans. Dernier né d'une fratrie de trois enfants, il avait été le seul garçon, celui qui avait toujours retenu toutes les attentions. L'aînée des sœurs avait succombé à une maladie sans nom peu de temps après qu'il vint au monde. Il lui ressemblait énormément, ce qui aiguisa l'amour de ses parents et de son autre sœur en adoration.

Il attendait son appel, elle ne manquait jamais de lui souhaiter chaque année son anniversaire. Non qu'ils fussent fâchés, ils ne ressentaient pas le besoin d'être proches l'un de l'autre. Ils menaient leur vie chacun de leur côté en pensant souvent à l'autre. Lorsqu'ils se retrouvaient, ils s'embrassaient chaleureusement, ne se quittaient plus pendant une semaine, comme de vieux amis qui vivent aux antipodes et profitent de leurs retrouvailles annuelles pour rattraper le temps perdu. Elle lui parla d'elle et de son emménagement à Strasbourg, de Mary dont il entendait souvent parler, de Nathaniel qui lui plairait sans doute, du meurtre de la députée Lacroix, du suicide de son assistant. Il l'écoutait en silence, avec concentration afin de ne rien oublier. Il parlait peu de lui, ne voyant aucun intérêt à dire qu'il était parti à Oslo au printemps, lu tel livre, vu telle pièce, séjourné cet été chez tel ami en Bretagne. Il lui parlait plus facilement des autres, de leurs connaissances communes et en particulier d'un cousin qui vivait encore à Saint-Pétersbourg.

Anna et Serguei convinrent de se revoir sous peu à Genève, à Strasbourg ou en Touraine puisque Anna envisageait sérieusement de s'y installer définitivement. Elle commençait à s'ennuyer à Strasbourg : elle adorait l'Alsace mais elle manquait d'activité. Mary et Nathaniel géraient parfaitement bien les hôtels, elle ne voulait pas s'immiscer dans leurs affaires. Elle rencontrait souvent ses amis mais le scrabble et le bridge commençaient à lui taper sur le système. À soixante-quinze ans, elle avait suffisamment d'énergie pour ne pas vouloir vivre comme une petite mamie. Elle rêvait encore de changements, d'une vie nouvelle, d'une vie à venir, de rencontres insolites et belles. Serguei l'approuva : ils avaient traversé tant de périodes difficiles et connu, leurs parents et eux deux, tant de mésaventures, qu'ils devaient faire en sorte que leur vie restât un mouvement et non une stagnation tranquille. Depuis son enfance, il avait fait de ce principe une philosophie de vie : révolté, décadent, il prônait le désordre, en guerre contre son temps, contre la société qui lui paraissait trop civilisée, tellement superficielle et vide. Son esprit farceur, son humour corrosif, son indifférence étudiée lui permettaient de survivre et de se défouler dans un monde qui ne lui convenait guère.

26

Anna rentra de Touraine et retrouva avec un plaisir impatient Mary et Nathaniel. Ils ne connaissaient pas son projet de quitter Strasbourg pour regagner le Val de Loire *ad vitam aeternam*. Pour l'heure, elle souhaitait savourer de nouveaux moments en leur compagnie, profiter de ses amis alsaciens dont elle ne doutait pas qu'ils viendraient nombreux la voir si elle déménageait. Le commissaire vint lui rendre visite peu après son retour. Il lui vouait une telle admiration qu'elle devait lui rendre un minimum de gentillesse, au moins par politesse. Après les formules d'usage et les banalités habituelles, il aborda l'affaire en cours. L'enquête concluait au suicide selon les éléments à disposition de la police et sans fait contradictoire.

Pierre Loro était soigné depuis deux ans pour une dépression. Peu sociable, on ne lui connaissait aucun ami d'enfance. Ses seuls proches faisaient partie de son entourage professionnel direct, des personnes plus ou moins douteuses de son parti politique et d'autres parlementaires. Il ne fréquentait personne depuis plusieurs années selon certains, depuis qu'il travaillait pour Marie Lacroix. S'ils avaient été amants, c'eut été au début de leur collaboration. Leurs relations étaient devenues infernales ces derniers mois, d'aucuns les surnommaient au Parlement les « amants terribles », terribles pour leurs idées et pour la haine qu'ils avaient fini par éprouver l'un pour l'autre. Elle ne supportait pas la contradiction et refusait d'admettre ses erreurs de jugement dont elle finissait par le rendre responsable. Il était ambitieux et orgueilleux, ne supportait plus d'être le second et rêvait naïvement de dissidence pour prendre le pouvoir.

Pour le commissaire, il aurait mis fin à ses jours après avoir pris conscience des nombreuses entraves repoussant pour longtemps ses chances de réussite : trahison et mise au ban par certains, corruption et compromissions dans des affaires illégales. Tout contrecarrait ses plans jusqu'à la mort de Marie Lacroix dont certains l'accusaient. Avant d'être sauvagement assassinée, elle avait confié à un ami député que Pierre lui faisait horriblement peur parfois et qu'elle en était venue à douter de sa santé mentale. Les disputes à répétition, hurlantes en privé, contenues et verbalement moins agressives en public, confirmaient leurs désaccords majeurs et leur discorde. Des menaces auraient même fusé de part et d'autre. Le commissaire n'en concluait pas pour autant que Pierre Loro se fût libéré de ses frustrations en donnant libre cours aux pulsions qu'elle lui inspirait. Il semblait avoir un alibi, un déplacement en province qui faisait toujours l'objet de vérifications. Son psychiatre reconnaissait, quant à lui, chez son patient, une tendance suicidaire exacerbée par une schizophrénie latente mais dénuée de violence à l'égard d'autrui.

Anna promit au commissaire de n'en toucher mot à personne. Elle mesura toutefois l'intérêt d'en parler à Mary et Nathaniel. Sans trop sourciller à l'égard de sa promesse rompue, elle leur résuma rapidement la situation : « J'ai donné ma parole au commissaire que je garderais sous silence ses confidences. Gardez bien ce qui suit pour vous. Nous avons affaire, en définitive, à un meurtre et à un suicide. Ma conviction, d'après ce que j'ai compris de ces deux affaires, est que le suicidé serait le meurtrier. » Cette révélation sembla rassurer le directeur du *Saint James* et par ricochet, Mary. Tous les deux, Anna l'avait senti, s'étaient rapprochés l'un de l'autre. Elle ne souhaitait pas que ces événements fragilisassent leur équilibre. Amants ou pas, ils manifestaient un plaisir évident à être en présence de l'autre. Mary ne le toisait plus du regard, avait abandonné toute méfiance et semblait même rechercher parfois ses conseils. Lui n'avait pas changé de comportement, sinon en y apportant encore plus de sollicitude et de douceur. Anna savait qu'il avait été séduit par sa protégée dès le premier jour : sa ligne de conduite vis-à-vis de Mary avait toujours été de lui plaire, d'abord par amitié pour Anna, puis par attachement sincère.

Nathaniel n'avait pas perdu de vue le château en Touraine et il essaya à plusieurs reprises de leur tirer à toutes deux les vers du nez. Mais elles ignorèrent purement et simplement ses allusions maladroites. Il demanda à Jean-Aimé si son séjour lui avait plu et s'il ne regrettait pas trop les jardins du château, lui faisant la promesse de l'emmener en balade dans les parcs de Strasbourg. Cette attention pour son chien laissa encore Anna de marbre. Il rendit les armes. Le soir, en fumant une dernière cigarette, penché par une fenêtre au-dessus du canal, il comprit que le château n'était pas un mystère en soi et qu'il n'avait pas à en savoir plus. Ce qui le perturbait, c'était de ne pas connaître réellement Anna, son passé et son présent. Faisant le lien entre les deux, entre son enfance (dont cet hôtel regorgeait de souvenirs, à commencer par le portrait de son aïeule) et sa vie d'aujourd'hui, il y avait cette porte dans la cave, ce passage secret qu'un criminel avait sans doute emprunté récemment. Ce qui le perturbait, c'était de douter par moments de l'absence de responsabilité d'Anna dans cette affaire, de sa non-implication, de son innocence. Et, naturellement, de celle de Mary.

27

Un craquement violent et sec déchira le silence de la nuit. Puis le tonnerre gronda pendant plusieurs secondes, d'un rugissement sourd et pénétrant qui sembla faire vibrer la maison tout entière. Dans le minuscule appartement aménagé dans les combles du *Saint James*, où Nathaniel résidait de manière temporaire, cette sensation semblait décuplée. Il se redressa dans son lit se rappelant que la fenêtre du salon était restée ouverte. Il se leva pour la fermer mais la pluie tardait et il préféra attendre qu'elle arrivât pour profiter encore un peu de la fraîcheur de l'aube. Il reprit le fil de ses pensées là où il les avait laissées avant de s'endormir. Il cogitait encore et encore. Était-elle impliquée dans ce meurtre ? Comment en avoir le cœur net ? L'idée de fouiller le secrétaire d'Anna, dissimulé dans sa chambre à coucher derrière un paravent en bois laqué ne le rebuta pas d'un point de vue moral. Mais il ne prendrait pas le risque de tout perdre. La cave pouvait abriter quelques secrets de famille, enfouis sous de vieux objets ici ou là. Restait à trouver suffisamment de temps pour pouvoir procéder à une fouille méthodique, sans garantie de succès.

Il refit le parcours dans sa tête, de la première à la troisième salle jusqu'au portrait. Mais rien ne lui laissait penser que des documents confidentiels pouvaient être conservés à l'abri des regards dans une quelconque malle ou au fond d'un placard. Il n'avait rien trouvé de prometteur lors de sa visite. Nathaniel se souvint soudainement d'un reflet lisse et brillant coincé entre les deux canoës déposés debout dans la petite pièce secrète de la *Petite France*. S'il n'avait pas alors prêté grande attention au peu de choses qu'elle renfermait, pris par le temps et entièrement focalisé sur cette porte en bois avec la clé dans sa serrure, il pouvait imaginer aisément, en revivant la scène, qu'une armoire métallique pouvait être camouflée derrière les canoës.

L'orage faisait rage et il pleuvait à flots. Certain de ne pas arriver à se rendormir, il enfila un jean et un pull-over. Il n'était pas six heures du matin qu'il descendait les escaliers menant au sous-sol. Il pénétra dans la cave à vins de la *Petite France* et apposa sans aucune hésitation ses mains sur la plaque de liège. Il donna une impulsion en avant et elle coulissa. Après un bref regard sur la porte en bois, comme pour s'assurer qu'elle était toujours à sa place ou qu'un mur en parpaing ne l'avait pas remplacée, il se dirigea vers les canoës, les attrapa l'un après l'autre pour les poser contre le mur. Ses gestes étaient sûrs et rapides. Il découvrit presque sans surprise un coffre-fort, ancien mais en parfait état, épargné de toute saleté ou de poussière. Il était verrouillé. « Quel con », lâcha-t-il lentement à haute voix, la main sur la poignée. Pouvait-il s'attendre à un autre dénouement ?

Sa découverte ne le mènerait à rien, ses recherches prenaient fin devant ce bloc d'acier inviolable. « Voilà à quoi mène l'amateurisme ! J'aurais peut-être dû prendre des bâtons de dynamite ! » souffla-t-il par dépit. À quoi une voix derrière lui répondit : « Un professionnel utiliserait une disqueuse ! » Nathaniel sursauta et tourna sur lui-même en un rien de temps. Personne. Puis Mary sortit tranquillement d'un petit renfoncement dans le mur. Elle était habillée de noir et portait une lampe frontale qu'elle avait pris le soin d'éteindre lorsqu'elle avait entendu la porte coulisser.

— Mary ? Heureusement que je ne suis pas cardiaque !

— Heureusement que tu n'es pas cambrioleur professionnel surtout ! Ton opération est un fiasco, j'ai envie de dire ! répondit Mary avec moquerie.

— Mon opération ? Enfin de quoi veux-tu parler ? Je ne cherchais pas à ouvrir ce coffre ! J'étais juste venu…

— Oui ?

— …

— Okay, je vois ! conclut Mary.

— Mais dis donc, tu fais quoi toi ici à cette heure-ci ? Depuis quand connais-tu l'existence de cette pièce secrète ?

— Secrète ? Pas tant que ça, on dirait, on est déjà deux à s'y retrouver ce matin !

— Mais tu es là depuis quand ?

— Depuis dix minutes environ. J'allais repartir quand j'ai entendu un bruit là-derrière, dit-elle en désignant de la tête le panneau coulissant. Alors je me suis cachée. Je ne savais pas que c'était toi !

— Tu t'attendais à voir qui ?

— Aucune idée à vrai dire. Donc tu connaissais ce lieu... et que venais-tu faire sinon essayer d'ouvrir le coffre-fort d'Anna ?

— Je... ok, je voulais voir ce qu'elle mettait là-dedans. Je suis un peu curieux, je tiens ça de ma mère. Et comme je me pose pas mal de questions... et que je la connais peu finalement...

— Et ? Tu n'en sais pas plus sur moi ! Tu comptes fouiller mon appartement ? Regarder ce que je cache dans mon armoire sous mes petites culottes ? l'interrogea Mary d'un ton que Nathaniel ne sut définir.

28

Il se trouvait au pied du mur. Il ne pouvait plus nier, il allait devoir s'expliquer. Nathaniel déballa ce qui lui trottait dans la tête depuis longtemps, les soupçons qu'il avait tenté de repousser, pesant sur elles deux après le meurtre de la députée. Il rappela à Mary, à l'évocation du meurtre, son contentement assumé et l'indifférence totale d'Anna, la découverte fortuite du passage secret qui éclairait d'un jour nouveau l'enquête policière (sans que les enquêteurs eussent bénéficié de cet élément crucial), leurs regards complices à toutes deux et leurs secrets partagés, l'emprise d'Anna sur le commissaire ou encore la mystérieuse Madame Baron que Mary n'aurait pas vue se présenter à la réception. Il ajouta qu'il doutait des conclusions d'Anna quant au meurtre de Marie Lacroix. Il paraissait facile d'accuser un suicidé d'un meurtre pour lequel la police semblait patiner dans la semoule. Mary lui répondit que patiner dans la choucroute aurait été plus approprié. Elle était toutefois de son avis.

— Anna n'est pas une meurtrière, tu le sais très bien ! Tu ne sais pas tout d'elle mais tu sais au moins ça ! Elle pourrait tuer, sans doute, mais elle le ferait avec raffinement : du cyanure dans du champagne… une morsure de veuve noire… une fausse noyade dans la piscine d'un palace. Là, on est dans un registre plus gore avec un bras coupé et des doigts qu'on retrouve éparpillés un peu partout dans le canal. Et puis, physiquement, comment aurait-elle pu transporter le corps de la chambre jusqu'au canal ?

Nathaniel la fixa droit dans les yeux.

— Avec une complice.

Mary soutint son regard pendant quelques instants. Elle n'était pas sûre d'avoir saisi ses insinuations. Mais lorsque ce fut le cas, elle plissa les yeux et le défia :

— Une complice ? Pourquoi pas avec un complice ?

— Pourquoi pas avec une complice ?

— Nathaniel, je suis flattée ! Moi qui pensais que tu me prenais pour une fille rangée, un brin psychorigide et maniaco-dépressive sur les bords ! Pas du tout ! En réalité, tu m'imaginais en justicière sanguinaire avec un couteau de boucher dans les mains en train de découper une bonne femme en morceaux ! Merci pour le compliment !

— Mais tu paraissais tellement la détester ! Tu aurais pu la connaître et vouloir lui régler son compte ! lâcha avec hésitation Nathaniel, conscient de l'accusation qu'il portait.

— Je ne la connaissais que par les médias et par ses prises de parole insupportables, fascistes, démagos, islamophobes, homophobes, tout ce que tu veux ! Suffisant pour la détester, non ?

— Oui ! Mais de là à se réjouir de sa mort...

— Parce que tu es gentil par nature et plein de bons sentiments ! Ça vient de ton éducation sûrement ! Et en soi c'est plutôt bien ! Mais la vie peut être violente et dure ! Et dans ces circonstances, la tolérance, le pardon, l'altruisme, ça finit par te passer par-dessus !

— Tu as peut-être raison… concéda-t-il avec calme, dans un souci d'apaisement. D'autant plus que, tout bien réfléchi, si tout le monde était altruiste, bienveillant, désintéressé, on s'ennuierait, non ? s'interrogea Nathaniel tout haut.

— Clairement ! Tout le monde finirait par être d'accord sur tout avec tout le monde, lui répondit calmement Mary, après une longue expiration, désireuse de rejoindre Nathaniel sur un terrain moins miné.

— Tu imagines ? On n'aurait plus besoin de politiciens puisqu'il n'y aurait plus de débat politique ou idéologique. Plus de philosophe non plus : plus de problème éthique ou moral à combattre ! Il n'y aurait plus de religion ou plutôt il n'y en aurait plus qu'une avec un seul Dieu, pour tous.

— Mais il faudra bien quelqu'un, une autorité supérieure, pour distiller la bonne parole à laquelle tout le monde devra se soumettre ? poursuivit-elle, épatée par la facilité avec laquelle il était capable de sauter du coq à l'âne pour rétablir un semblant d'harmonie entre eux.

— Un dictateur tu veux dire ? Il vaut mieux vivre en démocratie alors et qu'on s'étripe tous les jours, sur tout et sur rien ! Pour en revenir à notre affaire, non pas que je sois opposé à philosopher avec toi mais il est six heures du matin et le lieu ne se prête pas trop à cet exercice… Si je considère que tu es innocente et qu'Anna l'est aussi, quelles possibilités nous reste-t-il ?

— Eh bien, l'assassin pourrait être… toi ! Tu aurais pu avoir une aventure avec elle puis vouloir la liquider à la suite d'une embrouille quelconque. J'ai toujours pensé que tu pouvais être un fou furieux !

— Mais t'es pas bien ! Je te précise que j'ai été enfant de chœur pendant six mois quand j'avais neuf ans !

— Justement ! Quand on voit tout ce dont les curés sont capables !

— Blasphème !

— Je plaisantais.

— Et tu sais, en six mois, je n'ai pas eu le temps de prendre de mauvaises habitudes. Et puis comme on m'a laissé le choix entre aller à l'église ou au club de tennis le dimanche matin, j'ai vite choisi ! Ma grand-mère était de mon côté, elle préférait que je sois sportif plutôt que dévot : elle disait que c'était plus utile à la maison et qu'un jeune homme bien bâti faisait toujours bonne impression, en toutes circonstances.

— Et en la circonstance, devant ce coffre-fort verrouillé, tu arriverais à m'impressionner ?

29

Dans les étages supérieurs, l'immobilité et le silence de la nuit faisaient lentement place aux premiers soubresauts, étirements en tout genre et levers du lit. Les premiers écoulements d'eau dans les canalisations donnaient le « la » : tout commençait souvent par une chasse d'eau qui en appelait une autre puis une autre, comme si l'appel de la chasse avait été entendu par l'hôtel tout entier. Les télévisions étaient rallumées sur un clip musical ou sur les derniers événements de la nuit ou de la veille, déjà répétés des dizaines de fois par les chaînes d'information en continu. Des sèche-cheveux retentissaient ici et là après l'évacuation des douches, parfois même avant les chasses d'eau, de quoi conforter la pratique fortement répandue des soulagements urineux dans la baignoire.

Dans la cuisine et les salles du rez-de-chaussée, le personnel s'activait pour préparer les petits-déjeuners. Chacun répétait machinalement les gestes habituels : en tant que première corvée de la journée, le petit-déjeuner ne devait pas trop monopoliser l'énergie des personnes qui en avaient la charge. Pour cette raison, il était de formes et de couleurs invariables : des céréales, du pain frais, des confitures, beurres et miels, quelques viennoiseries, fromage blanc et fruits. Une seule règle cassait cette loi immuable : la venue des touristes, en décembre et l'été, sonnait l'arrivée en renfort des fromages et charcuteries de pays, tels les incontournables Barikaas et Landjäger, pour satisfaire les papilles étrangères demandeuses de saveurs locales.

De la cave ils entendaient surtout l'eau s'écouler dans les canalisations antiques de l'hôtel. Mary avait mis Nathaniel au défi : il ne comptait pas la décevoir. Après un examen rapide de la serrure (modèle à clé unique puisqu'il s'agissait d'un coffre-fort assez ancien, sans combinaison mécanique ni serrure électronique), il fit deux fois le tour du coffre, à la recherche, visiblement, d'une idée. Pour amplifier sa détermination et son extrême concentration, il eut l'idée de se gratter le bouc, qu'il ne portait plus. À l'époque, il s'agissait d'un tic : la main sur les poils de son menton, il réfléchissait mieux. Mary pensa qu'il se grattait simplement le menton mais la chose lui paraissait étrange. Nathaniel ne se rendait pas compte qu'elle l'observait, perdu dans ses réflexions : le coffre étant enfermé dans une pièce secrète, il n'était pas impossible que la clé eût été cachée dans cette même pièce pour éviter qu'elle ne fût perdue au fond d'un tiroir de secrétaire ou derrière un bibelot quelconque. Il passa donc sa main sur tout le contour inférieur du coffre, examina à la torche ses parois, explora, de ses doigts tremblants, les trous des moellons sur lequel le coffre reposait. À regret, il prit un à un, dans ses mains, les objets qui traînaient ici et là sur de vieilles étagères rouillées ou sur le vieux bureau dans le fond de la pièce. Il scruta également le cadre de la porte coulissante et s'assura que rien n'était dissimulé sous la crasse des rails.

Cette opération dura vingt minutes. Mary commençait à grelotter de froid, elle faisait les cent pas en le regardant faire. Puisqu'il suivait son idée et voulait lui prouver de quoi il était capable, elle se posa en observatrice. Il n'était pas question qu'elle remuât toute cette poussière, encore moins ce qu'elle n'arriverait pas à identifier clairement. Elle était lasse. Mais elle admirait son entêtement et en fut même étonnée. Il fallait cependant se rendre à l'évidence : la clé ne se trouvait pas là. Elle lui indiqua l'heure gentiment, espérant qu'il renoncerait de lui-même. Il ne répondit pas clairement, émit seulement un petit grognement. Elle lui accorda mentalement cinq minutes supplémentaires. En vain.

— Nathaniel, il faut que nous remontions. On s'est plantés, la clé n'est pas ici, tu le vois bien. Et je te préviens, je ne fouillerai pas les affaires d'Anna ! On ne saura jamais ce qu'il y a dans cette saleté de coffre. Et ce n'est peut-être pas plus mal !

— Mary, je te félicite ! Tu as perdu patience au bout de trente petites minutes. J'avais parié avec moi-même que tu enverrais tout bouler au bout de quinze, bravo !

— Ce n'est pas drôle, j'ai les pieds gelés et j'ai un fournisseur qui déboule dans une heure !

— Alors ne perdons pas plus de temps. À toi l'honneur ! lui lança-t-il le sourire aux lèvres, ravi de sa duperie.

Il lui tendit la clé, serrée entre son pouce et son index, noirs comme du charbon et éraflés au niveau des phalanges.

— Mais tu l'avais !

— Oui, ma théorie était bonne, elle était cachée dans ce vieux vase en forme de poisson. C'était presque trop facile ! Alors je me suis dit : voyons voir combien de temps elle tiendra, si elle me fait confiance ou pas. Et tu m'as épaté !

Elle ne retint pas son corps qui s'avançait sur lui ni ses lèvres qui se posèrent sur les siennes. Ce baiser, furtif mais appuyé, fut conclu d'un moins romantique « Bouge tes fesses maintenant ! » qui le priait d'ouvrir rapidement le coffre-fort. Ce qu'il fit.

30

La journée se termina comme elle avait commencé, dans le froid et le noir. Un nouvel orage, d'une rare violence, avait éclaté sur Strasbourg provoquant une panne générale d'électricité. Avec la pluie s'était déposée sur la ville une fraîcheur inattendue. Sans chauffage, dans une humidité ambiante, on entendait ici ou là des éternuements soutenus. Mary qui était frigorifiée depuis le petit matin avait entamé une cure homéopathique contre les coups de froid. Nathaniel se contentait d'éternuer. Il avait distribué aux clients du *Saint James* des lampes électriques pour circuler dans les étages. Il leur avait toutefois conseillé de se regrouper en attendant le dépannage du réseau dans les petits salons du rez-de-chaussée où il avait allumé quelques bougies dans des photophores. L'atmosphère intimiste quasi surréaliste qui s'en dégageait n'était pas pour lui déplaire. Il avait également déposé sur la banque de la réception un magnifique chandelier en bois, pur produit de design scandinave, pour s'éclairer. Il suivait sur son téléphone portable l'évolution de la météo et la progression des techniciens pour rétablir l'électricité.

Une personne entra en trombe dans le hall de l'hôtel. Elle était vêtue d'une immense cape à capuche qui lui couvrait la moitié du visage. Elle s'avança vers la banque et ne voyant personne, se dirigea, dégoulinante, vers le petit salon d'où provenaient des rires étouffés et des murmures diffus en plusieurs langues. Nathaniel, qui était allé au petit salon s'assurer que tout se passait pour le mieux, faillit la renverser en regagnant la réception.

— Oh, excusez-moi, Madame… Monsieur… je ne vous avais pas vu !

— Je cherche Nathaniel, sauriez-vous…

— C'est moi !

— Nathaniel, c'est toi ?

— Oui, en personne… lâcha-t-il, hésitant, certain de connaître cette voix mais sans arriver à l'identifier avec certitude, la logique de la situation n'impliquant pas qu'elle pouvait être celle de sa mère.

— C'est moi, c'est maman !

Il la prit par la manche et la tira doucement jusqu'à la banque de l'accueil pour contrôler, à la lumière des bougies vacillantes, qu'il ne s'agissait pas d'un imposteur lui jouant un mauvais tour. Alors qu'il peinait à la reconnaître dans cette cape beaucoup trop large, avec cette capuche immense qui lui tombait jusqu'au nez, quelques mèches rousses collées à ses joues, l'électricité fut rétablie. Il ne faisait aucun doute que sa mère était bel et bien là, devant lui, en pleine lumière, complètement lessivée, l'air perdu.

— Mais tu as teint tes cheveux, je ne te reconnaissais pas ! Mais pourquoi, qu'est-ce qu'il se passe ?

— Rien, j'avais juste envie de changer de tête.

— Non maman, je veux dire, pourquoi tu es là, qu'est-ce qu'il s'est passé ? Où est papa ?

— Ton père est parti ! Il m'a quittée !

— Quoi ?

— Il est par-ti ! À soixante-dix ans, il ne fallait pas qu'il hésite trop longtemps, c'est ce qu'il m'a dit. Il voulait profiter de la vie, vivre l'aventure, se réveiller le matin sans avoir à aller acheter le pain et le journal à neuf heures, faire des sudokus à quatorze et regarder *Plus belle la vie* à vingt heures !

— Il a rencontré quelqu'un ? Il a une maîtresse ?

— Non, il a juré que non ! Mais j'aurais compris s'il m'avait quitté pour une autre femme, plus jeune et plus drôle que moi !

— Ne dis pas ça ! Tu peux être très drôle… Et tu n'es pas vieille !

— Oh bien sûr, c'est facile pour toi de dire ça, tu sors avec une dame qui pourrait être ta grand-mère !

— Pardon ?

— Ta princesse russe ! Alors ne t'étonne pas si ton père, en voyant son fils sortir avec une octogénaire, a eu l'idée de tout plaquer pour une jeune de vingt ans ! C'est de ta faute d'ailleurs, c'est ce qu'il m'a dit : « Nathaniel se fout des "qu'en-dira-t-on", il couche avec des vieilles, des jeunes, des blanches et des noires ! Même avec des hommes ou des chèvres si ça se trouve, je m'en fous ! Il voulait être vétérinaire mais il a étudié l'archéologie pour devenir finalement responsable marketing et maintenant directeur d'hôtel. Dans un an, il sera peut-être fromager ou ébéniste ! De toute façon, il ne fait, dans tout ce qu'il fait, que ce qu'il lui plaît ! Et il a bien raison, ton fils est libre ! Eh ben moi je veux aussi ma part de liberté ! »

— Il n'a pas oublié de dire que j'étais nécrophile ? Et que cela expliquerait pourquoi il y a autant de morts dans mon hôtel ?

31

Le surlendemain, Denise pleurait toujours. Nathaniel lui avait cédé sa chambre pour qu'elle se retrouvât au calme et qu'il pût cantonner la dépression de sa mère dans une seule pièce du petit appartement de fonction qui venait d'être rénové et qu'il occupait désormais en attendant de pouvoir emménager chez lui. Il appela son père et celui-ci nia tout en bloc. Oui, sa mère était fatiguée depuis quelque temps, non, il ne l'avait pas quittée, effectivement il avait pu laisser entendre qu'il voulait profiter de la vie mais jamais il ne l'avait trompée et ne souhaitait pas s'y mettre maintenant. Selon lui, elle subissait sans doute un contrecoup émotionnel et avait préféré s'enfuir quelque temps de ce quotidien étouffant pour retrouver apaisement et chaleur auprès de son fils adoré. De quel contrecoup il parlait, Nathaniel eut du mal à s'en faire une idée : « Pas évident pour une mère de voir son fils grandir et de le voir vivre une vie dont elle n'avait jamais rêvé pour lui. » Il n'en demanda pas davantage, l'échange téléphonique avait déjà été assez éprouvant. Son père avait néanmoins promis de venir chercher sa mère avant la fin de semaine.

Une promesse est une promesse si elle est tenue. Si elle ne l'est pas, c'est aussi une promesse, au sens politique du terme, ou, de manière plus commune, un leurre. Jean ne vint que le lundi suivant. Denise ne l'avait pas attendu. Elle l'avait guetté dès le jeudi, avait abandonné son poste de surveillance le vendredi matin pour un rendez-vous crucial chez le coiffeur, était rentrée au pas de charge avec, sur sa tête, de nouvelles mèches blondes, sans aucune trace rousse du temps de sa rébellion. Mais le week-end arriva avec le samedi et sans Jean. Denise perdit espoir le dimanche soir et s'enfuit à nouveau. Elle rassura son fils : elle avait retrouvé sa sérénité et sa clarté d'esprit. Elle ne voulait surtout pas laisser penser qu'elle était faible et totalement dépendante d'un homme, y compris de celui qu'elle avait maternellement choyé pendant quarante-cinq ans. Elle comptait partir quelques jours chez sa sœur à Clermont-Ferrand.

Avant de quitter Strasbourg, elle tenait à aller saluer Anna avec qui elle s'était liée d'amitié. Amitié était un grand mot : il aurait pris tout son sens si la relation qu'elle entretenait avec son fils avait été d'une nature différente. Mais Denise avait visiblement quelques difficultés à accepter cet amour sans âge, sans convention. Lors d'une promenade le long du canal, Anna avait laissé parler son cœur : « Nathaniel est un garçon vraiment attendrissant, il est amusant, jovial, j'ai beaucoup de tendresse pour lui. » Denise avait alors détourné son regard pour cacher son trouble et une larme de dépit. Elle ne pouvait répondre sans trahir sa pensée, craignant d'accuser cette femme, si attentionnée et gentille avec elle par ailleurs, de perversion malsaine assimilable à l'inceste. Elle se tut et finit par libérer à demi-mot ses craintes en déclamant avec tout le désespoir d'une mère impuissante : « C'est un gentil garçon, vraiment très gentil, qui ne sait pas se protéger de la vilenie des autres », ce qu'Anna prit pour un très beau témoignage d'amour filial, et en aucune façon, pour une attaque dirigée contre elle.

Abstraction faite de sa perversité, Denise n'en appréciait pas moins Anna. Parfois, elle doutait même de cet état de fait, Anna ne se comportant pas avec elle comme une bru avec sa belle-mère. Sans doute l'âge de l'une, proche de celui de l'autre, les obligeait à inventer de nouveaux rapports entre belles, fille et mère. Anna resterait à ses yeux une personne très agréable, attentionnée et intelligente, qui savait écouter sans juger et réconforter un cœur en peine. Denise s'était livrée à elle un après-midi où elles s'étaient retrouvées pour aller faire quelques emplettes. Ayant quitté soudainement le domicile conjugal, délaissé par son mari, cette activité conventionnellement réconfortante pour le sexe faible s'imposait. Au rayon des laques, elle lui souffla l'idée qu'elle aurait à prendre encore plus soin d'elle maintenant que sa condition avait changé. Au rayon maquillage, l'idée de pouvoir cacher quelques rides avec une simple crème s'avérait être une véritable aubaine : rajeunir pourrait l'aider à être plus séduisante si le cœur lui en disait. Dans le coin des sous-vêtements, elle se mit à rougir, dévoilant ainsi quelques arrière-pensées inavouables. Au passage en caisse, elle déballa tout :

culottes en coton, mascara et pensées amères. Anna la réconforta en lui murmurant qu'une femme, à vingt ou à quatre-vingts ans, se devait de défendre sa féminité, corps et âme. Denise lui fit son plus beau sourire, dents serrées et nez retroussé, mais elle n'était pas certaine d'avoir compris ce qu'Anna voulait dire.

Denise se rendit donc le dimanche en fin d'après-midi chez Anna pour lui faire ses adieux et la remercier à nouveau pour ces bons moments passés « entre filles ». La porte de son appartement s'ouvrit alors qu'elle n'avait pas encore frappé. De fait, elle n'était réellement qu'entrouverte et du palier, Denise reconnut derrière la porte la voix d'Anna qui visiblement s'apprêtait à laisser sortir son visiteur. Denise ressentit toute la délicatesse de la situation, surtout lorsqu'elle entendit Anna dire à cet homme : « Va te coucher un moment, Serioja, tu as une sale mine. Et ne me parle plus de cette députée de malheur ! Je ne veux plus en discuter, le passé, c'est le passé ! » Assurément, Denise aurait dû la prévenir de sa visite pour être certaine de ne pas la déranger : le moment présent paraissait assez mal choisi.

32

— Je te dis ce que j'ai entendu : « Je ne veux plus parler de cette députée de malheur, ce qui est fait est fait ! » déclama Denise, par téléphone, en espérant transmettre à son fils ses craintes et ses peurs.

— Et elle disait ça à qui ?

— À un homme qu'elle a appelé « cher Ioja » ! Il est passé devant moi sans m'adresser la parole ! Un bel homme cela dit, bien habillé mais malgracieux et pas poli, même pas un bonjour ! Il a peut-être été surpris de me voir. Tu comprends, je n'avais pas eu le temps de frapper, Anna venait d'entrouvrir la porte pour le laisser partir et c'est à ce moment-là que j'ai entendu ça ! Anna avait l'air gêné. Pendant une seconde, je l'ai sentie mal à l'aise et puis elle m'a fait son plus beau sourire ! Je voulais passer la voir avant de partir, tu comprends.

— Oui oui, pas tout mais l'essentiel !

— Nath, je te disais que…

— Non, maman, pardonne-moi mais là, je n'ai pas le temps ! Et ne m'appelle pas Nath, je n'aime pas ce surnom, c'est un diminutif de Nathalie, pas de Nathaniel !

Il raccrocha après les recommandations de circonstance : « Bon voyage, j'espère que ton train ne sera pas trop en retard, donne le bonjour à tatie et appelle papa pour le prévenir quand même, pas à moi de régler vos problèmes et encore moins de faire le médiateur entre vous deux ! » Sitôt raccroché, il appela Mary.

— Mary ? C'est Nathaniel ! Je ne te dérange pas longtemps. J'ai une information d'une importance capitale à te donner : ma mère vient de partir…

— Capitale, n'exagère pas !

— Non, écoute-moi ! Elle vient de partir et avant de quitter Strasbourg, elle voulait faire ses adieux à Anna. Elle s'est rendue chez elle et au même moment, Anna mettait un homme à la porte.

— Un homme… mais encore ?

— Un homme qui porte le nom de Serioja.

— Serioja… Anna m'avait parlé un jour, il y a déjà pas mal de temps, de son petit frère. Je crois bien, je n'en mettrais pas ma main à couper mais presque, je crois bien qu'elle l'avait appelé Serioja.

— Serioja qui est un diminutif de Serguei, le nom figurant sur le dossier dans le coffre-fort ! Tu as déjà lu *Anna Karenine* ? Je pense que les parents d'Anna étaient fans de Tolstoï !

— J'ai vu le film, je n'aime pas lire un roman quand je connais déjà la fin. Donc ta mère a croisé le frère d'Anna… Tu as eu le temps de redescendre à la cave voir ce qu'il y avait en détail dans ce dossier ?

— Non, pas encore ! Je te rappelle que ma mère était là toute la semaine dernière. Et l'hôtel était archi complet ! Tu m'aurais laissé le temps de le regarder quand on y était, on en saurait plus ! Mais tu as préféré m'embrasser à ce moment-là !

Mary parut embarrassée un instant, avant de répondre :

— Oui, peut-être, il faisait tellement froid là-bas, en bas ! J'aurais pu me blottir contre n'importe qui !

— Ah tiens ! Et tu embrasses le premier venu dès que tu as froid ? Donc, quand tu fais tes courses chez Picard, j'imagine que tu roules des pelles à tout le magasin ?

— Fous-moi la paix, Monsieur le directeur, il faut que je retourne bosser ! Je dois aller sermonner une femme de ménage. A priori, elle utilise les produits de beauté de nos clients quand elle fait les chambres le matin ! Elle est plus maquillée et parfumée quand elle finit son service que quand elle le commence !

Il jeta son téléphone à côté de lui sur le canapé. Il regardait dans le vide, une tasse de thé à la main. Il souriait avec, en tête, le baiser de Mary et sa laborieuse tentative de le nier. Il tourna la tête vers sa chambre : le départ de sa mère était un soulagement. Le mariage de ses parents avait connu une crise passagère mais il tiendrait bon. Puis il se remémora l'épisode de la cave : la recherche de la clé, sa mise en scène pour tester l'impatience de Mary, leur baiser, l'ouverture du coffre. Pris par le temps, ils n'avaient eu que quelques minutes pour explorer son contenu : quelques bougies, une boîte d'allumettes, une bouteille de vodka à moitié vide, une photo en noir et blanc dans un cadre doré et une vieille pochette d'archives, à soufflet, abîmée par le temps et l'humidité. Elle semblait contenir quelques photos, des lettres, des articles de presse, la plupart en cyrillique, indéchiffrables. L'inscription *Serguei* avait été tracée au feutre noir un peu épais, d'une écriture fine, ronde, féminine. Mary avait voulu emporter avec elle la pochette pour avoir le temps d'éplucher, au chaud et à la lumière, ce qu'elle contenait. Nathaniel avait refusé. Tout devait impérativement rester en place. Puis ils s'étaient séparés : Nathaniel avait emprunté la porte secrète que Mary avait refermée derrière lui pour regagner les caves du *Saint James* et ses étages. Sa présence dans les sous-sols de son hôtel n'aurait pas été suspecte, bien moins que s'ils avaient été surpris en train de remonter ensemble des caves de la *Petite France* à une heure aussi matinale. Si tel avait été le cas, de nouvelles rumeurs quant à leur déjà supposée relation auraient été de circonstance.

33

La journée passa à vive allure et il en fut de même le jour suivant. Le logiciel de réservation tomba en panne, ce qui les obligea à recréer des plannings façon d'antan, lorsqu'un crayon à papier et une feuille quadrillée remplissaient cet office. L'un des réfrigérateurs s'était transformé en congélateur dans la nuit, ce qui nécessita la venue d'un technicien et la révision des menus. Une femme de ménage annonça enfin, contre toute attente, qu'elle ne souhaitait pas de renouvellement de contrat. Elle quittait l'hôtellerie pour travailler avec une amie dans un bar à ongles. Nathaniel tenta de la dissuader en lui rappelant qu'en début, milieu et fin de mois, à raison de douze mois par an, tout un chacun avait à honorer ses factures. Mais elle se moquait de gagner moins, elle voulait vivre sans avoir à se renier : « L'esthétique, c'est en moi depuis longtemps, je n'ai jamais rêvé d'être femme de ménage. » Maquillée comme un passeport libanais, elle ne manquait pas de courage, seulement de clairvoyance. Nathaniel contacta en urgence une agence d'intérim qui ne considéra pas sa demande comme urgente.

Il réussit à s'échapper en fin d'après-midi prétextant un nouveau problème à régler. Le dossier « Serguei » l'intriguait encore plus depuis qu'il savait que ce Serioja était toujours vivant et qu'il était le frère d'Anna. Mary et lui s'étaient imaginés, pour n'en entendre jamais parler, que Serioja était peut-être mort ou qu'il vivait à l'étranger après avoir rompu tout lien avec sa sœur. Mary n'avait jamais voulu la questionner à son sujet, par pudeur. Quant aux documents contenus dans la pochette, rédigés en cyrillique pour la plupart, ils n'en avaient évidemment pas tiré parti lors de leur visite, par manque de temps et faute d'en comprendre un traître mot. Nathaniel se rendit donc à la *Petite France* : petit clin d'œil à Mary qui était dans le hall d'accueil puis ascenseur jusqu'au deuxième étage, question de semer le doute si jamais il était surveillé (et il l'était, ses nombreux va-et-vient intriguaient et déliaient les langues du personnel), puis escalier de secours jusqu'au rez-de-jardin. De là, il ouvrit la porte des caves et descendit.

Une légère appréhension le saisit. Il s'apprêtait encore à braver les règles de bienséance qui interdisaient de violer le secret et l'intimité des autres. Cette transgression s'avérait incontournable : il devait achever ce qu'il avait commencé. Il voulait savoir et ne plus supposer. Il inspira profondément et appliqua ses mains sur le mur. La porte coulissa. Son ombre se dessinait sur le sol terreux à mesure que la porte s'ouvrait. Il descendit les trois marches tout en enclenchant la fermeture de la porte. Mais alors qu'il était dans le noir le plus complet, il sentit autour de lui une odeur de bougie soufflée. Le premier effet de surprise se mua rapidement en crainte puis en angoisse. Il n'osa plus bouger.

L'interrupteur pour éclairer le néon n'était pas à portée de main. La commande de la porte ne l'était plus. Il ne connaissait pas assez bien les lieux pour atteindre rapidement l'un ou l'autre dans le noir. Il voulut se saisir de son portable mais la faible lumière qu'il obtiendrait le rendrait plus visible que voyant. Et si quelqu'un d'autre était présent, peut-être muni d'une arme, il ne fallait pas qu'il devînt une cible trop facile. Il s'accroupit et s'interdit de bouger. Simplement écouter. Malgré les battements sourds et rapprochés de son cœur, il se mit à scanner mentalement les lieux pour repérer un souffle, deviner un geste et déterminer s'il était réellement seul dans cette pièce. Seule sa tête pivotait d'un mouvement lent, comme une antenne de radar à l'affût d'un signal, d'une présence. Son cerveau, sous pression, était comme anesthésié. Toute son énergie était dédiée au contrôle de sa respiration. Il ferma les yeux pour se concentrer davantage sur son souffle. L'image d'Anna apparut progressivement dans ses pensées, son visage enveloppé d'une espèce de lueur crépusculaire, telle une apparition spectrale. Son regard était bienveillant. Il rouvrit alors ses yeux. Il se redressa lentement, sans bruit. Il ne voyait rien mais n'entendait rien non plus. La probabilité qu'il était seul dans cette cave s'imposait de plus en plus à lui. Il sourit même, persuadé que son imagination lui avait à nouveau joué un vilain tour. Mary ne se priverait pas de se moquer de lui, Anna enfoncerait sans doute le clou et une fois de plus, ils riraient ensemble à ses dépens. Il chercha alors son téléphone pour pouvoir s'éclairer jusqu'à l'interrupteur. La fermeture éclair de sa poche rompit aussi bruyamment que brutalement le silence absolu qui l'entourait.

34

— Ne bougez pas !

— …

— Que la lumière soit et la lumière fut, déclama une voix grave qui pointait sa torche sur Nathaniel. Qui êtes-vous, jeune homme ?

— Et vous ? répondit Nathaniel d'une voix hésitante, la main droite portée à son visage pour se protéger du faisceau de la lampe torche.

— Moi ? Je suis le propriétaire de cet hôtel ! À qui ai-je l'honneur ?

— Je suis le directeur de l'hôtel ! déclara Nathaniel avec assurance.

— Vous n'êtes ni métisse ni de sexe féminin si je ne m'abuse… railla-t-il.

— Vous n'êtes pas une femme non plus !

— Je vous demande pardon ?

— Je connais la propriétaire des lieux, c'est une amie.

— Vous connaissez Anouchka ?

L'inconnu ne put masquer sa surprise, sa voix l'avait trahi.

— Je l'appelle Anna.

— Anna ou Anouchka, c'est pareil. Vous n'êtes pas Russe visiblement.

— Vous l'êtes ?

— C'est moi qui pose les questions. Qui êtes-vous ?

— Je vous l'ai dit : le directeur de l'hôtel. Vous êtes du KGB ? lança Nathaniel qui, visiblement, avait pris un peu d'assurance depuis qu'il savait que cet homme connaissait Anna.

— Amusant ! Je vous pose la question une dernière fois : qui êtes-vous ?

— Je suis le directeur du *Saint James*, un ami d'Anna et de Mary. Je suis Nathaniel.

— Nathaniel… Arrêtez de grimacer et montrez-moi votre visage ! Oui… Vous correspondez à ce qu'Anouchka m'a dit en me parlant de vous. Et vous êtes mieux en vrai qu'en photo si je puis me permettre.

— Vous êtes Serguei ?

— En effet ! dit-il d'une voix affirmée, tout en allumant avec son briquet plusieurs bougies posées sur le dessus du coffre-fort, le néon du plafond ayant grillé. Enchanté.

Nathaniel découvrit un homme grand, souriant, élégant, conforme au mince portrait que sa mère lui en avait fait. La peur le quitta, il sourit, soulagé. En le regardant à la lueur des bougies, il remarqua même un air de famille entre le frère et la sœur.

— Maintenant que les présentations sont faites, vous allez peut-être me dire ce que vous faites ici. Vous n'êtes pas censé connaître l'existence de cette cave.

— Je la connais. Je l'ai découverte par hasard. Elle communique avec les caves de mon hôtel…

— De mon hôtel, dit-il avec insistance.

— Je visitais les caves du *Saint James* et il y avait ce tableau, au fond de la cave, cette femme dans une robe noire…

— Ma mère.

— Elle était très belle.

— Et, laissez-moi deviner… Vous avez voulu étudier en détail le tableau, sous toutes ses coutures, et derrière le tableau, il y avait cette porte et derrière cette porte… Nous avons un proverbe en Russie qui dit « Donne le doigt au diable et il voudra toute la main. » Votre curiosité vous a conduit très loin, vous pourriez le regretter. Ici, c'est un lieu secret, vous ne devriez pas être là.

— Non, hélas.

— Mais vous y êtes et ce n'est pas votre première visite. Il semblerait même que vous ayez déjà ouvert ce coffre-fort et sans doute mis votre nez dans des affaires qui ne vous regardent pas.

— Hélas… oui, bredouilla Nathaniel qui cherchait vainement une issue à cette conversation.

— Pourquoi ?

— Je ne sais pas.

— Vous ne savez pas mentir, Nathaniel. Vous permettez que je vous appelle Nathaniel ?

— Je vous en prie, marmonna-t-il avec ironie.

— Vous avez donc fouillé dans ce coffre par simple curiosité ? Vous recherchiez de l'argent ? Quelque chose concernant ma sœur Anna ?

— Non, pas du tout ! On voulait savoir…

— On ? Qui d'autre que vous ?

— Personne d'autre ! Je voulais savoir…

— Vous et quelqu'un d'autre vouliez savoir quelque chose. Je voudrais que vous me disiez qui et quoi.

Nathaniel comprit qu'il avait affaire à plus tenace que lui et qu'il ne ressortirait pas de cette cave s'il restait aussi peu loquace.

— Moi et moi seul. Je suis curieux de nature et qui ne le serait pas devant un coffre-fort ? On aimerait tous savoir ce qu'il y a dedans ! Et puis après tout, rien n'indique de l'extérieur qui est le propriétaire du coffre. Il aurait pu être là depuis la nuit des temps ! Et comme c'est un modèle qu'on voit souvent dans des films en noir et blanc, j'ai trouvé amusant d'essayer de l'ouvrir pour voir… comment dire… si c'était pratique en fait pour ranger des trucs, vous voyez ? En tout cas, je n'ai rien volé, j'ai juste ouvert la porte et quand j'ai vu qu'il y avait des documents à l'intérieur, je me suis dit que ce coffre-fort devait être à Anna. En plus il y avait une bouteille de vodka ! Enfin je ne veux pas dire que votre sœur boit beaucoup ! Mais… euh… Anna est devenue une amie, je ne veux pas perdre sa confiance en m'immisçant dans sa vie privée et en fouillant dans ses affaires ! Bon, on se connaît peu, c'est vrai, mais c'est une amie. Avec ses mystères, ses zones d'ombre, son jardin secret. Et puis il y a eu ce meurtre…

— Le meurtre de la députée. Vous accusez Anna ?

— Non, loin de moi cette idée ! Comment aurait-elle pu faire, d'ailleurs ? C'est impossible !

— Vous la soupçonnez peut-être d'avoir tué cette femme avec l'aide d'un complice ?

— Ah non, non... je... si je l'ai imaginé, c'était sans doute gentiment, comme ça, pour rire, rien de plus ! À aucun moment je ne l'ai suspectée !

Nathaniel se découvrait une certaine aisance dans le mensonge. Serguei semblait avoir un avis opposé.

— Pour rire ? Vous n'êtes absolument pas crédible mon cher Nathaniel ! Non seulement vous l'avez suspectée et la suspectez peut-être encore mais de plus vous supposez fortement que j'aie fait tout le sale boulot. J'ai croisé votre mère l'autre jour, je ne savais pas encore qui elle était, Anna me l'a dit le soir. Elle avait dû nous entendre et vous en avez déduit que ma sœur et moi étions les meurtriers.

— Pas du tout ! Ma mère a une imagination débordante, je ne fais plus attention à ce qu'elle dit ! En tout cas, elle ne m'a pas parlé de vous, je vous l'assure !

— Je suis sûr qu'elle l'a fait, je vois encore son regard effrayé quand nos yeux se sont croisés... Et je suis sûr que vous l'avez crue. Et si elle disait vrai ? l'interpella-t-il, la voix soudainement mordante.

— Écoutez, je vous connais à peine mais vous m'avez l'air plutôt sympathique malgré les apparences et le fait que vous m'interrogiez dans cette cave isolée de tout ! Remarquez, vous ne m'avez pas encore torturé ! Pourquoi l'auriez-vous tuée d'ailleurs ?

— C'est à vous de me le dire : vous avez mené votre petite enquête, non ? Savez-vous pourquoi ma sœur et moi l'avons tuée ? déclama Serguei tout en se rapprochant de Nathaniel qui, instinctivement, fit un pas ou deux en arrière.

— Pourquoi vous l'*auriez* tuée, vous voulez dire ?

35

Mary attendit une vingtaine de minutes avant de rejoindre Nathaniel. Elle n'avait pas prévu de descendre à son tour, appréhendant un peu de se retrouver seule avec lui. Mais sa curiosité prit le dessus. L'hôtel était encore calme à cette heure de l'après-midi, chacun vaquait silencieusement à ses occupations : elle en profita pour s'éclipser. Et s'ils devaient s'embrasser à nouveau ? Peut-être même le recherchait-elle à cet instant précis. À cette pensée, elle appliqua ses mains sur la porte pour déclencher l'ouverture. Mais avant que la porte n'eût le temps de s'ouvrir totalement, un coup de feu éclata. Lorsqu'elle entra, elle vit son corps étendu par terre. Elle se précipita vers Nathaniel alors qu'une présence sur sa gauche, éclairée par la lueur des bougies, se jeta sur le bouton de fermeture. Elle se redressa, effrayée, et reconnut Serguei : il avait les mêmes yeux que sa sœur. « Faites attention où vous marchez, on ne voit pas très bien avec cette obscurité, vous pourriez vous prendre les pieds dans tous ces vieux trucs qui traînent par terre ! »

Elle s'était déjà agenouillée vers Nathaniel, priant pour qu'il ne fût que blessé. Son cœur battait encore.

— Je vous en supplie, appelez un médecin, appelez Anna ! Personne ne saura que vous avez essayé de le tuer !

— Le tuer ? Mais je ne l'ai pas tué !

— J'ai entendu le coup de feu ! cria-t-elle en larmes.

— Ah ! Comme ça ? répondit-il en tirant une deuxième balle en l'air. Ce sont des balles à blanc ma chère et on dirait que cette deuxième balle réveille votre ami ! Il faut dire qu'il est tombé à la renverse de tout son poids ! Il a la tête solide, ce garçon !

Nathaniel avait repris connaissance. Il se frotta la tête et se releva doucement. Il épousseta ses vêtements et découvrit Mary tournant nerveusement autour de lui tout en se massant les tempes.

— Mary ? Qu'est-ce que tu fais là ?

— À ton avis ? répondit-elle sèchement en essuyant les larmes sur ses joues.

— Tu ne vois pas qu'il est armé ? murmura Nathaniel en articulant autant qu'il le pouvait.

— C'est un accessoire de théâtre, Nathaniel, ne soyez pas stupide ! Donc, vous vous donnez rendez-vous ici tous les deux ! Pour vous conter fleurette, peut-être ? Ou pour mener votre petite enquête ? N'oubliez pas que la curiosité est un vilain défaut. Comme tous les défauts, ils se corrigent.

— Vous n'y êtes pas du tout !

— Oh que si. J'ai eu le temps d'échanger avec votre ami avant qu'il ne fasse son petit numéro de cascadeur. Nous parlions du meurtre de la députée. Votre ami avait des intuitions, pourrait-on dire.

— Bonnes ou mauvaises ? lança Mary qui, lorsqu'elle se retrouvait en position de faiblesse, préférait attaquer plutôt que subir.

— Ce sera à vous de juger. Mais pour cela, vous devrez attendre dix petites minutes. J'attends de la visite. Bien sûr, comme vous n'êtes pas mes prisonniers, vous pouvez partir. Mais ça serait dommage ! Admettez que tout ceci est assez excitant. C'est un peu comme au Cluedo finalement. On a quelques indices, quelques certitudes mais ce n'est qu'à la fin, une fois qu'on a tous les éléments en main, qu'on découvre la vérité, la seule. Et pour l'instant, vous n'avez pas grand-chose dans votre jeu ! Alors vous tentez le coup et accusez : « J'accuse Serguei d'avoir tué la députée Lacroix, dans la chambre, avec un couteau de boucher. » Ou encore « J'accuse Serguei d'avoir tué la députée Lacroix, dans la cave, avec une scie sauteuse » lança Serguei en un souffle qui se mua en rire pour montrer à quel point il trouvait leur comportement puéril et ridicule.

— Serguei, vous venez d'inventer l'édition de luxe ! Dans le jeu classique, il n'y a pas autant d'armes ! On pourrait peut-être contacter l'éditeur du…

— Ne faites pas trop le malin, mon cher Nathaniel ! Surtout pas après avoir tourné de l'œil comme vous l'avez fait à la vue d'une arme ! Pas très viril tout ça !

— J'ai voulu reculer et je me suis pris les pieds dans…

— Ah ! Vous vouliez fuir ? Pas très courageux non plus, alors ?

— Mais non, je…

— Taisez-vous ! lui ordonna-t-il avec impatience. Je m'interroge sérieusement sur votre présence ici, à tous les deux ! Cette pièce n'est pas réservée au staff de l'hôtel que je sache, elle contient des objets personnels qui nous appartiennent, à ma sœur et à moi. En aucun cas, vous ne devriez être ici. Et votre présence est d'autant moins excusable qu'il ne s'agit pas de votre première visite ! Vous récidivez. Si vous ne venez pas pour élucider ce meurtre en espérant trouver des indices nous compromettant, que venez-vous faire ici ? Je vous repose la question.

— …

— Je vois. Dans quelques minutes, une personne que vous n'aimeriez pas rencontrer dans une cave, ni à l'air libre d'ailleurs, va me rejoindre. Je vous conseille vivement de vous cacher dans un recoin et de ne plus respirer. S'il vous trouve, vous finissez tous les deux dans le canal, en petits morceaux. Est-ce suffisamment clair pour vous deux ?

Mary et Nathaniel échangèrent un regard qui en disait long sur leur incompréhension, leur frousse et leur absence de maîtrise de la situation. Serguei voulait les protéger alors qu'il les accusait de fourrer leur nez dans ses affaires. Il avait presque admis avoir tué Marie Lacroix avec la complicité d'Anna. Pourquoi les épargner alors ? Ils nageaient en pleine confusion et l'arrivée du visiteur de Serguei ne les aida pas à retrouver tout l'apaisement nécessaire au bon fonctionnement de leurs neurones.

36

Lorsque la porte s'ouvrit, Serguei fit un signe à son visiteur, le priant de garder le silence et de se rapprocher de la lumière. Il le remercia d'être venu aussi rapidement, espérant que son départ de Genève n'avait pas attiré l'attention des autorités. Il l'informa des conclusions de l'enquête et le remercia vivement pour la parfaite élaboration de son plan. Sa réputation dépassait largement les éloges qu'il avait entendus à son sujet. Sa sœur Anna se joignait évidemment à lui pour le féliciter et le remercier. Le solde qui lui serait versé très rapidement, une fois l'affaire classée, l'attendrait dans un casier à bagages de la gare de Genève Cornavin. Un sac Migros était placé dans le n° 369 : il contenait différents articles cosmétiques et alimentaires dont deux paquets de pain de mie creusés en leur milieu et farcis de grosses coupures.

Lorsque la porte s'ouvrit, Nathaniel et Mary avaient tendu l'oreille mais n'avaient entendu que le mécanisme de la porte et un homme descendre les marches en bois du petit escalier grinçant de la cave. Son ombre, fluctuante et biscornue, était projetée sur le mur, rappelant à Mary et Nathaniel que leur présence à tous les deux, à défaut de rester insoupçonnable, deviendrait vite synonyme d'absence de vie. L'exécuteur vivait en Suisse et était sous surveillance policière ou judiciaire, ce qui ne leur paraissait pas rassurant. Le commissaire allait sous peu classer sans suite le meurtre de la députée. Anna était mêlée au meurtre. Mary et Nathaniel baissèrent les yeux, par amertume et tristesse : ils s'étaient convaincus qu'elle ne l'était pas, comment avaient-ils pu être aussi naïfs et aveugles ? La vérité leur paraissait si limpide à présent qu'ils assistaient à ces révélations.

L'image du pain de mie garni les sortit un court instant de cette triste torpeur, Mary saluant avec dégoût l'ingéniosité de la planque, Nathaniel se demandant combien de temps il lui faudrait pour se rendre à Genève en voiture, récupérer le sac de courses, faire un dépôt dans une banque helvétique puis rentrer à Strasbourg. Face à la peur, son esprit divaguait parfois, son imagination prenant le dessus. Il envisagea presque de prendre le premier train à destination de Cornavin mais cette solution paraissait d'emblée vouée à l'échec : son train serait soit annulé, l'empêchant de récupérer l'argent à temps, soit en retard et il pourrait potentiellement se retrouver devant le casier 369 en même temps que le destinataire du sac de courses. Cette éventualité ne lui convenait pas : il ne voulait pas finir sur le sol crasseux des toilettes de la gare en train de se vider de son sang.

Le rire du visiteur, aussi fugace fût-il, le sortit de ses réflexions. Mary, de son côté, tentait d'en analyser le sens. Rien de ce qu'avait dit Serguei ne prêtait à une telle joie explosive. Ce rire par ailleurs lui semblait familier.

Elle sortit de l'ombre bien que Nathaniel l'attrapât par la manche, et avança dans la lumière. Il la suivit, ne pouvant la laisser marcher seule vers sa mort, avec l'intuition toutefois que le visiteur de Serguei, dont il entendait encore le rire résonner dans sa tête, n'avait rien d'un gros molosse sanguinaire et tout d'une vieille dame distinguée des beaux quartiers. Anna se retourna lorsque Serguei lui fit une grimace en désignant derrière elle les deux compères qui s'avançaient vers eux. D'abord désolée, un sourire de pardon aux lèvres, elle finit par éclater de rire, rapidement rejoint par Serguei qui s'était rapprochée d'elle et lui avait passé le bras autour des épaules. La ressemblance entre le frère et la sœur les frappa tous les deux. Nathaniel fut sensible à cette tendresse fraternelle qui venait pourtant de se jouer d'eux. S'il envisagea immédiatement la suite des événements avec soulagement et sans rancune aucune, Mary, d'un caractère plus dur et fier, mit un certain temps pour retrouver son calme et tenter d'étouffer sa colère. Fidèle à elle-même, elle leur sourit à son tour et déclara à Anna d'une voix franche et autoritaire : « Maintenant, il va falloir vous expliquer. J'ai le sentiment que vous nous cachez beaucoup de choses et il est temps que vous nous en parliez. Si vous ne le faites pas, je prendrai ça pour un manque de confiance et même une tromperie. Et vous perdrez à la fois une amie et la directrice de vos hôtels. »

37

Lorsqu'il venait passer quelques jours dans la région, Serguei logeait dans une péniche à une dizaine de kilomètres du centre de Strasbourg. Elle appartenait à un ami qui voyageait beaucoup et dont les attaches étaient ancrées dans un petit village de la péninsule bretonne. Il avait vécu quelques années en Alsace et avait choisi, par amour originel pour l'eau, de vivre sur le canal de la Marne au Rhin. Il ne s'était pas résolu à vendre son bateau lorsqu'il avait quitté la région pour retourner vivre dans le Finistère : il lui appartenait, il l'avait entièrement rénové et il l'habitait à l'automne quand il revenait dans l'Est pour un mois ou deux. En dehors de cette période, tous ses amis et proches pouvaient en disposer comme ils l'entendaient. Serguei ne s'en privait pas et après chacun de ses passages, la cave de la péniche comptait de nouvelles bouteilles millésimées qui étaient grandement appréciées par le propriétaire des lieux lors des soirées automnales.

En cette douce fin de journée, Serguei se gara devant la péniche, accompagné de sa sœur. Mary et Nathaniel les suivaient de près. Durant le court trajet les menant de l'hôtel jusqu'au village où elle était amarrée, chacun repensait au petit jeu auquel le frère et la sœur s'étaient livrés un peu plus tôt dans l'après-midi. Eux deux continuaient d'en rire, bien qu'appréhendant la discussion à laquelle ils n'échapperaient pas. Mary restait silencieuse, attendant avec impatience les explications d'Anna. Celles-ci pourraient remettre en cause beaucoup de choses : elle ne le souhaitait pas, elle tenait à Anna et à la vie qu'elle menait à Strasbourg, avec elle et avec Nathaniel. Lui se montrait quasi imperturbable : à son habitude, il paraissait calme, insouciant et uniquement animé par le moment présent. Les événements de la journée l'avaient toutefois secoué, il n'avait qu'une hâte : s'affaler dans un fauteuil avec un verre, une cigarette et les petits cakes à la choucroute et aux lardons qu'il avait achetés.

Ils montèrent ensemble à bord et s'installèrent sur les canapés disposés sur la terrasse du bateau. Le soleil ne tarderait pas à se coucher. La vue était dégagée, magnifique. Mary et Anna restèrent silencieuses, chacune assise sur un canapé, plongée dans ses pensées. Nathaniel, sentant qu'elles pouvaient souhaiter se retrouver seules pour discuter en aparté, rejoignit Serguei à l'intérieur de la péniche pour la préparation de l'apéritif.

— Bien joué votre petit numéro, Serguei ! Après coup, je dois reconnaître que je le trouve plutôt réussi. Sur le moment, je…

— … Vous ne saviez pas trop quoi en penser ! Il faut bien s'amuser de temps en temps !

— Et le moins qu'on puisse dire, c'est que vous ne manquez pas d'humour ! Mais il ne doit pas être du goût de Mary, elle est fermée comme une huître depuis cet après-midi. D'ailleurs, elle attend impatiemment vos explications…

— Pas vous ?

— Si, évidemment. Je suis impatient moi aussi d'entendre ce que vous avez à nous dire ! Je vais quand même clarifier un petit peu les choses : votre mise en scène dans la cave a bien fonctionné et j'ai cru, une seconde, que vous aviez vraiment assassiné la députée. Mais je n'étais pas totalement dupe ! Je savais qu'Anna et vous étiez innocents.

— Voyez-vous cela ! Vous ne l'avez pas toujours pensé pourtant ?

— Et bien j'ai pu effectivement vous soupçonner à un moment donné. Ma mère avait surpris, comme vous le savez peut-être, une conversation entre Anna et vous. Elle pensait que vous étiez impliqués dans ce meurtre. Et quand ma mère a des certitudes, elle ne vous lâche pas tant que vous n'êtes pas de son avis !

— Les femmes sont toutes les mêmes, j'ai l'impression que vous me parlez de ma sœur ! Mais dites-moi, Nathaniel : si je comprends bien, vous nous avez soupçonnés avant de nous blanchir. Vous n'aviez pourtant aucune preuve, ni pour nous accuser ni pour nous défendre. Vous vous fiez à votre instinct donc. Et sans doute à votre amitié pour Anna. Vous faites partie de ces gens qui ont encore foi en l'homme, qui font confiance spontanément ? C'est un bel état d'esprit, je le reconnais. Mais restez vigilant, tout le monde n'a pas votre bienveillance…

— C'est dans ma nature, je ne vais pas en changer ! Il m'est déjà arrivé de me tromper vis-à-vis de certaines personnes... mais il faut savoir prendre des risques ! C'est un peu la roulette russe, les relations humaines ! Mais les risques en valent la peine, parfois. J'en ai pris avec Anna et ma vie a totalement changé. Et j'en suis très heureux ! Je ne regrette absolument rien : ni les convocations au commissariat, ni le fait que votre sœur soit régulièrement sur mon dos, ni les kilos accumulés à force de manger des plats à base de munster ! Je ne regrette rien, vraiment... sauf si, bien sûr, vous me dites que je me suis lourdement trompé, qu'Anna et vous avez bel et bien commandité le meurtre de cette députée et que je suis le prochain sur la liste !

— Pas pour rien si nous vous avons invité à bord de cette péniche... Inquiétez-vous si on vous propose, tout à l'heure, de vous montrer les cales ! Encore une petite question, Nathaniel, avant qu'on rejoigne Mary et Anna : qui serait l'assassin selon vous ? Puisque nous ne figurons plus sur la liste des suspects, je serais curieux de savoir si vous avez d'autres personnes en vue : une femme de ménage ? Un opposant politique ? Dieu ?

— Une femme de ménage, certainement pas : cela serait un peu trop facile de l'accuser, non ? Un opposant politique ? Il aurait pu l'assassiner politiquement. Cela aurait été suffisant. Dieu ? Vous voulez dire... une intervention divine qui aurait conduit à sa mort ?

— Pourquoi pas ? On voit la Main de Dieu là où l'on souhaite la voir. C'est une présence invisible qui se manifeste d'une manière subtile et pénétrante. Ne vous attendez pas évidemment à entendre des roulements de tambours ! Il faut plutôt rechercher un signe, l'empreinte divine. Bien sûr, si vous n'êtes pas croyant, c'est une hypothèse difficile à admettre. Mais, à moins de prouver le contraire, à moins de prouver que Dieu n'existe pas, cela reste une explication possible.

—Et c'est ce qui expliquerait pourquoi nous n'avons retrouvé dans la chambre de Marie Lacroix que son bras, son avant-bras... et sa main ! C'était un signe, évidemment ! Comment ai-je pu passer à côté de ça ?

—Nathaniel, vous êtes déconcertant. Anna avait raison : vous donnez l'impression de tout prendre avec légèreté ! Même la mort !

—Non, ne croyez pas cela ! Mais je ne vais quand même pas pleurer la mort d'une personne que je ne connaissais pas et que je n'aurais pas souhaité connaître. En tout cas, Serguei, la prochaine fois que j'aurai à prouver quelque chose sans en avoir la moindre preuve, je repenserai à cette conversation et je n'hésiterai pas à mettre en application votre théorie ! La Main de Dieu... je n'y avais pas pensé ! Il faudra que je la teste un jour sur votre sœur pour voir comment elle réagit... même si j'ai déjà ma petite idée là-dessus ! Ou, et cela sera encore plus amusant, sur le commissaire lorsqu'il enquêtera sur un nouveau meurtre au *Saint James* : hâte de voir sa tête quand je lui ferai part de cette hypothèse ! Après tout, beaucoup se servent de ce prétexte, non ? Regardez les cinéastes par exemple... ou les écrivains ! Il y en a beaucoup qui se prennent pour Dieu !

À cet instant, apparurent dans le ciel deux cigognes qui se mirent à survoler le canal, emportant avec elles, selon certaines croyances, l'âme des disparus. Anna leva la tête pour les suivre un moment du regard. Puis un bruit sourd venant de l'intérieur de la péniche la ramena à la réalité du moment :

— Que font-ils ? s'impatienta Anna. Je suis sûre que Nathaniel visite la péniche de fond en comble ! Pendant que nous sommes seules, Mary, je tiens à m'excuser, sincèrement. Serguei a eu cette idée loufoque, vous faire croire, quand la porte s'est ouverte, que j'étais un tueur professionnel ou je ne sais quoi, et je l'ai laissé faire, pleinement consentante ! Il est mon petit frère et il a cet esprit farceur qui m'a toujours plu. C'est peut-être d'ailleurs sa seule qualité ! Nathaniel lui ressemble de ce point de vue, c'est aussi ce qui me plaît chez lui.

— À moi aussi. Il est peut-être un peu immature par moments mais j'aime sa joie de vivre et sa légèreté, sa fausse légèreté devrais-je dire. Il n'est pas si lisse. Quant à Serguei et vous, je réserve mon jugement. Je suis impatiente de vous entendre !

— Je le sais, patiente encore un peu. Tiens, les voilà ! Posez tout ici messieurs et portons un toast à cette journée qui prend fin, avec son lot d'émotions et de cachotteries. La vérité, vous allez l'entendre. Laissez-moi juste un instant savourer mes bulles devant ce ciel rose et ce soleil couchant. La dernière volonté du condamné, en quelque sorte !

La beauté du canal et celle de la nature à la tombée de la nuit, l'absence remarquée de moustiques, le confort de l'intérieur de la péniche, la possibilité de naviguer sur toutes les voies navigables de France, sur le Rhin jusqu'à la Mer du Nord, la vie en Suisse, les Alpes et le Léman, le moindre sujet exploité en long et en large permettaient de faire diversion et reportaient encore et encore le récit d'Anna. Des promeneurs du soir, un jeune couple de retraités et ses trois chiens, passèrent devant la péniche et leur adressèrent un bonsoir de politesse. Anna proposa alors à ses trois compagnons de s'installer à l'intérieur pour parler, à l'abri des regards, de choses bien moins exotiques et beaucoup plus graves.

38

Tout en longueur, la pièce à vivre du bateau se révélait, au premier coup d'œil, confortable et chaleureuse. Elle disposait de peu de meubles, ce qui lui donnait une sensation d'espace malgré l'étroitesse du lieu : une table à manger proche du coin cuisine, un canapé en cuir et un fauteuil crapaud côté salon. Anna remarqua dans un coin de la pièce un vieux chevalet en laiton sur lequel était posé un tableau, une copie de l'*Ophelia* de Millais. Elle s'approcha et s'immobilisa un instant. Elle avait toujours beaucoup admiré cette peinture, attirée par la beauté de la nature mêlée à la pureté de la mort. Cela lui rappela une autre image, bien moins romantique cette fois-ci : celle d'un autre corps retrouvé lui aussi au fond de l'eau, emprisonné dans des sacs en tissu au fond du canal. Elle prit un air grave, de circonstance.

— Ma chère Mary, une nouvelle fois, je tiens à m'excuser. Auprès de vous aussi, Nathaniel. Vous faites partie de mon cercle maintenant, un peu comme un petit-cousin éloigné, un brin indiscipliné et impertinent à qui on aurait plaisir à adresser quelques claques parfois. Mais je vous apprécie beaucoup. Cette petite comédie dans la cave n'était pas du meilleur goût, je vous l'accorde. J'en ai pris conscience tout à l'heure dans la voiture pour venir ici : Serioja venait de me faire part de vos soupçons concernant le meurtre de la députée. Et parce que vous nous soupçonniez tous les deux, il a décidé de s'amuser un petit peu avec vous. La tentation était trop grande. Il a voulu vous corriger gentiment, amicalement. Laisser sa sœur être accusée d'un crime l'a sans doute d'ailleurs plus dérangé que d'être accusé lui-même, n'est-ce pas Serioja ? Les Russes sont des gens fiers, vous savez. Je comprends bien, Nathaniel et surtout toi Mary, que vous n'ayez pas apprécié notre petit jeu (tout en la nommant, Anna se pencha vers Mary assise à côté d'elle et prit sa main dans la sienne avec tendresse). Et avec un peu de recul, je ne sais d'ailleurs toujours pas si je dois me sentir flattée ou blessée. Blessée parce que je ne comprends pas comment vous avez pu me croire capable de tuer quelqu'un ! J'imaginais que les gens me percevaient comme une vieille dame honorable et digne, plus portée par l'amour de son prochain que par sa mort. Si mes souvenirs sont bons, c'est bien moi, Nathaniel, qui vous ai charitablement ou presque donné un travail alors que je vous connaissais si peu ? Et qui plus est, je vous paye une petite fortune ! Passons… Où en étais-je déjà ? Ah oui : blessée mais flattée aussi que vous m'ayez imaginée en meurtrière. Les gens sont émerveillés de voir la Reine monter encore à cheval à son âge. Moi, à mon âge avancé, je ne monte pas mais je m'adonne au crime, violent et barbare. Chacune ses hobbies, voyez-vous ! Trêve de plaisanterie… Vous pensiez donc que Serguei et moi avions tué Marie Lacroix. (Elle se leva et marcha dans la pièce, les yeux fixés au sol. Serguei alluma une cigarette et alla fumer par un hublot). Non.

Marie Lacroix, nous ne l'avons pas tuée. Nous savons toutefois qui l'a assassinée. Nous avions été mis dans la confidence. Et en cela, nous sommes responsables, peut-être même coupables de ce meurtre puisque nous n'avions rien fait pour empêcher qu'il la tuât. Si c'est impardonnable ou criminel à vos yeux, vous pouvez partir et appeler le commissariat (elle revint s'asseoir). Vous pouvez aussi écouter l'histoire que je voudrais vous raconter. Pas une histoire de mort, non, mais une histoire d'amour. (Elle but une gorgée, le regard vague, l'esprit concentré. Serguei se rapprocha d'elle). Nous étions en décembre, quelques jours avant Noël. J'étais venue comme souvent passer les fêtes à Strasbourg. Serguei et moi regardions des photos du passé. Cette période de l'année est toujours propice aux souvenirs. Quelqu'un a frappé à ma porte. Je suis allée ouvrir en pensant que c'était peut-être le directeur de nuit même s'il n'était pas dans ses habitudes de venir me déranger chez moi sans m'appeler auparavant. J'ai ouvert la porte et c'est un vieil ami, un ami d'enfance, qui était là, devant moi. C'est quelqu'un, habituellement, de jovial, de passionné, plein de vie. En temps ordinaire, il aurait ouvert grand ses bras pour m'embrasser avec son plus beau sourire. Ce soir-là, j'ai accueilli… son fantôme. Son ombre. Il était méconnaissable, il avait bu, il empestait le tabac. Et il pleurait, pleurait. Nous l'avons écouté : il était confus évidemment et nous avions du mal à le comprendre. Une seule chose paraissait à peu près claire : il répétait sans cesse qu'il devait protéger son fils et sa fille. Ce sont des jumeaux, ils viennent d'avoir dix ans. Il les a eus sur le tard, il devait avoir une cinquantaine d'années. Ils sont tout pour lui. Nous l'avons laissé parler et pleurer. Puis je lui ai préparé un café très serré. Il a recouvré ses esprits, retrouvé son calme. Il était plus lucide mais d'une tristesse... Je ne savais pas quoi faire pour l'aider. Il a finalement vidé son sac : d'abord gêné, un peu hésitant, ne sachant sans doute pas jusqu'où il pouvait aller. Mais la haine a fini par le submerger à nouveau et il n'a plus pris de pincette par la suite. Il haïssait sa femme et souhaitait sa mort. Viscéralement. Oh, bien sûr, il avait pensé au suicide tant il était désespéré mais à l'idée d'abandonner lâchement ses enfants, il avait renoncé. Il ne restait qu'une seule et unique solution : la tuer. Et faire en sorte que la police ne remontât jamais jusqu'à lui. Il voulait juste vivre, revivre, ses enfants à ses côtés.

— Mais ça reste un meurtre ! releva violemment Mary.

— Ma chère Mary, enchaîna Serguei, vous avez tout à fait raison. Ça reste un meurtre. Un meurtre commis par un brave homme devenu en l'espace de quelques secondes un assassin. Mais, en toute objectivité, que pouvait-il faire ? Avait-il seulement le choix ? Laisser sa femme détruire sa famille, le détruire lui et ses enfants ou les épargner en la réduisant, elle, au silence, en la rendant définitivement inoffensive ? Laisser grandir ses gamins dans un cadre familial violent où ils subissaient parfois de mauvais traitements ou leur proposer une autre issue, sans violence, sans haine pour qu'ils repartent du bon pied dans la vie ? Ne rien faire était déjà criminel. Il n'avait plus à choisir. Il s'est défendu, il les a défendus et c'était légitime.

— Marie Lacroix. Assassinée par son mari ! On avait envisagé plusieurs scénarios mais pas celui-là.

— Pourtant, Nathaniel, le mari est souvent dans le coup si je puis dire, intervint Anna, que ce soit dans les romans ou dans la vie. La fiction et la réalité se confondent souvent de toute façon. Il l'a tuée, c'est un fait, mais elle l'avait déjà anéanti. Comme elle avait des années plus tôt anéanti sa propre mère qu'elle n'a jamais épargnée. La pauvre femme aura subi les insultes de sa fille jusqu'au seuil de sa mort, les pires insultes accompagnées parfois de gestes déplacés voire violents. Quelle tristesse… François, lui, depuis quelques mois, ne souriait plus, il était éteint, sans vie. On sentait qu'il était mal mais il refusait de parler. Elle l'avait asphyxié, empoisonné. Comment pouvait-on accepter qu'il soit condamné à vie ? Condamné à mort ? Il est d'une bonté et d'une gentillesse peu communes. Il est un père, un fils, un ami, un confident pour beaucoup de ses patients qui ne le considèrent pas simplement comme leur médecin. Tout le monde l'apprécie ou l'aime, rares sont les hommes qui font autant l'unanimité et je sais de quoi je parle ! J'en ai rencontré beaucoup, beaucoup, des hommes et des femmes de toutes sortes, de tout milieu. Lui est un homme rare. Alors si l'un d'eux devait être sacrifié…

— ... ce ne pouvait pas être lui, poursuivit Serguei. Lui souffrait depuis longtemps, surtout de son incapacité à protéger ses enfants. Et elle, elle continuait à jouer sa partie. Elle l'avait trompé avec son assistant, entre autres. Elle avait pris un virage politique assez extrême, c'est le cas de le dire, alors qu'elle n'était pas aussi radicale auparavant dans ses opinions. Mais elle pouvait percer sous l'étiquette de l'extrême droite alors elle a foncé. Lui avait en horreur les idées qu'elle défendait. C'était source de disputes quotidiennes. Ses enfants avaient peur d'elle, il lui arrivait souvent de les enfermer en pyjama dans le local poubelle lorsqu'elle passait ses nerfs sur eux. Quant à ses beaux-parents, elle les méprisait, ces « petits-bourgeois de province qui crèveraient avec leur fric. »

— Qu'avez-vous fait concrètement ? demanda Mary avec un soupçon d'impatience. Lui avez-vous chacun coupé un doigt pour montrer que vous étiez solidaires ? Qui lui a donné la mort ?

39

Strasbourg, à Noël, quelques mois plus tôt.

— Je dois penser à mes enfants, je n'ai plus qu'eux, commença François d'une voix froide, presque détachée, comme s'il était devenu étranger à sa propre vie. On ne peut plus vivre comme ça. Dans la peur, dans la violence, les cris et les pleurs. Cette femme n'est qu'un monstre. Ma petite fille ne passe pas une nuit sans faire de cauchemars. Elle se réveille parfois en hurlant. Vous imaginez une gamine de son âge, d'à peine dix ans, finir toutes ses nuits en pleurant ? Mon fils, lui, ne mange presque plus, sa mère n'arrête pas de lui répéter qu'il va devenir « aussi gros et moche que son père. » Comment en est-on arrivé là ? Comment peut-on vouloir faire autant de mal à ses propres enfants ? Elle ne s'en soucierait pas, ils souffriraient d'un manque d'amour et de tendresse. Là, ils subissent en plus sa cruauté et son sadisme. J'ai pensé la faire interner en psychiatrie mais c'est une manipulatrice et je n'ai pas assez de preuves de sa perversité pour la faire enfermer. Lui faire du chantage pour obtenir le divorce, elle finirait par le faire payer à mes enfants. Et le divorce m'épargnerait moi, pas eux. Alors je n'ai trouvé qu'une solution, radicale certes, la seule en réalité pour préserver définitivement mes enfants. La tuer. Imaginer un scénario où je la neutraliserai définitivement sans être soupçonné… Je ne l'ai pas encore tuée que je me sens déjà coupable. Mais je sais que je pourrais vivre avec cette culpabilité. Je ne veux pas finir ma vie en prison, ne pas voir mes enfants grandir. Alors il me faut penser au crime parfait qui laissera la police sur le carreau. Un soir, alors qu'elle regardait je ne sais quoi sur sa tablette, j'ai eu une vision. Je venais de la tuer pour la première fois. Et je me suis surpris en train de lui sourire. Je souriais à son cadavre. Puis j'ai imaginé, cela vient inconsciemment, un autre scénario. Puis un autre... puis un autre. À chaque fois, ils gagnent en consistance, en perfection. J'ai déjà réussi à la tuer des dizaines de fois. Et ça m'a redonné de l'espoir, l'envie de vivre. Je me sens plus fort mentalement, je contrôle mes émotions, ma colère, ma haine, elles sont toutes dirigées vers la réussite de ce projet funeste. Je n'arrive pas à avoir honte de ces sentiments. Je les choie, je les nourris jour après jour. Ils sont pourtant condamnables et abominables mais l'enjeu, vital pour nous trois, nécessite qu'ils le soient. Je me lève, je me couche, en pensant à l'après. Finalement je rêve non pas de sa mort mais de son absence. Qu'elle disparaisse, à jamais. Si le destin avait voulu nous aider, elle aurait pu se tuer en voiture ou être assassinée dans la rue par un camé à la recherche de fric pour se payer sa drogue. Mais rien n'est arrivé. Et je ne peux plus attendre. Tout à l'heure, je me suis écroulé, ça m'arrive parfois, en pensant à la monstruosité de cette situation : celle qu'elle nous fait vivre et qui a engendré celle qui prend forme dans ma tête. Et aujourd'hui, j'avais besoin de vous voir, de tout vous dire. Voilà pourquoi je suis venu. Ma chère Anna, mon cher Serguei, je n'ai pas le droit de vous demander quoi que ce soit. J'espère simplement que vous ne me jugerez pas si je vais jusqu'au bout de…

— … mais François, l'interrompit Anna, il y a sûrement une autre solution, moins définitive. Elle reste la mère de tes enfants et une femme que tu as aimée. Peut-être qu'une thérapie pourrait l'aider ? Tu es médecin, tu dois connaître des psychiatres qui pourraient te conseiller.

— Mais je ne le veux pas ! J'ai tout essayé pour protéger mes enfants. J'ai baissé la tête à chaque critique, à chaque attaque. Je la laissais m'insulter sans rien dire. J'acceptais. J'étais sa victime consentante. Mais elle est allée beaucoup trop loin dans la méchanceté, la violence et le sadisme. Personne ne pourra jamais lui pardonner. Admettons qu'elle se fasse aider par un psy, que se passera-t-il après ? On fera comme si rien ne s'était passé ? Comme si ces deux dernières années de terreur n'avaient jamais existé ? Elle m'a transformé en homme soumis, sans fierté, sans honneur, elle a trompé ses enfants. Au lieu de leur apporter la tendresse et la sagesse d'une mère, elle leur a appris la haine et le mensonge. Il n'y a pas de solution pacifiée : soit elle meurt, soit elle nous arrache le peu de vie qu'il nous reste.

— Tu pourrais vivre avec sa mort sur la conscience ? insista Anna.

— Je ne dors plus, mes nuits sont des cauchemars éveillés et la tristesse ne me quitte pas de la journée. Alors vivre en me réveillant chaque matin avec les images du meurtre que j'aurais commis, ça ne sera jamais pire. Et puis qui sait, je finirais peut-être par oublier. Si mes enfants grandissent heureux et en bonne santé, je saurai que j'ai fait ce qu'il fallait, en fin de compte. Ça atténuera ma culpabilité. Et je me réveillerais peut-être chaque matin en ne voyant plus que leurs sourires.

40

— Nos deux familles habitaient la *Petite France*, poursuivit Anna qui faisait maintenant quelques pas dans la pièce, le visage tendu, recherchant sans cesse des yeux le tableau de Millais. Elle était notre maison avant de devenir un hôtel. On louait un étage aux parents de François, c'étaient des gens honnêtes et discrets. Son père était médecin lui aussi. Sans être amis intimes, nos parents s'appréciaient et se côtoyaient. Nous nous voyions souvent : Serguei et François avaient le même âge, ils allaient dans la même école. Vous jouiez souvent ensemble le mercredi et le samedi, tu t'en souviens ? Vous courriez partout dans la maison, notamment dans les étages supérieurs qui n'étaient pas habités. Vous adoriez aller dans le grenier fouiller un peu partout à la recherche d'un trésor qui n'existait pas. Vous étiez aussi attirés par les caves et par tout le fatras qu'elles abritaient. Nos parents ont ensuite acheté la maison d'à côté qui est devenue bien plus tard le *Saint James*. Elle avait été mise en vente et elle leur avait toujours plu. Ils ont cassé des murs, créé des ouvertures entre les maisons, c'était immense. Certaines pièces se retrouvaient à cheval sur les deux bâtiments. Les travaux ont duré une année complète ! Mon père aimait détruire et reconstruire, je le revois au milieu de ses plans éparpillés dans tous les sens sur son bureau, en train de discuter avec les ouvriers, de les harceler pour que les travaux aillent toujours plus vite. Il s'était aussi intéressé aux caves. Je crois qu'il avait envisagé à une époque de créer une champignonnière qui n'a jamais vu le jour, bien évidemment ! Il avait toujours des tonnes d'idées, parfois farfelues. Et François et toi, continua-t-elle en regardant son frère, étiez fascinés par ces caves gigantesques et par ce projet de culture. Vous passiez beaucoup de temps là-bas en bas, maman vous sermonnait souvent à ce sujet, elle préférait vous savoir dans le petit jardin ! Il faut dire qu'elle avait peur des souris, elle ne descendait jamais. Tout comme moi d'ailleurs ! Bref, c'était un peu votre coin à vous, et François ne l'a jamais oublié.

— Ce qu'il nous a demandé, il y a deux ou trois mois, c'était de lui donner les clés d'accès aux caves, dit Serguei d'une voix blanche. On n'a pas compris immédiatement ce qu'il comptait en faire. Il nous a aussi demandé le code d'entrée du *Saint James*. On savait que sa femme venait dormir ici de temps en temps lorsque, notamment, son travail au Parlement nécessitait qu'elle dormît à Strasbourg. Ils habitent à une trentaine de minutes d'ici, trop loin pour rentrer en pleine nuit, surtout quand il fait mauvais temps. Et dormir à l'hôtel facilitait ses aventures extraconjugales, soyons honnêtes.

— Nous lui avons donné les clés et les codes d'accès, sans rien lui demander.

— On pensait qu'il avait renoncé à ses projets funestes et qu'il voulait simplement surprendre sa femme avec un autre homme pour demander le divorce pour adultère. Je m'étais dit qu'il voulait sans doute se cacher dans les caves avant de monter les prendre sur le fait.

— Mais lorsque le corps de Marie Lacroix a été retrouvé, nous avons tout de suite compris. Il l'avait tuée, dans sa chambre ou dans la cave, et s'était débarrassé du corps en le jetant dans le canal par le jardin-terrasse de la *Petite France*. Rien de plus facile ! Le fait qu'on ne retrouve que son bras, enroulé dans le tapis, m'a profondément choquée. Je n'imaginais pas François capable de cette... barbarie.

— Mais c'était en réalité, aussi sordide que cela puisse paraître aujourd'hui, bien pensé si je puis dire ! Le bras découpé a mis la police sur une mauvaise piste, ils ont considéré que c'était l'acte d'un maniaque, d'un détraqué sexuel, peut-être d'un tueur en série fétichiste. De quoi rejeter la thèse du mari meurtrier. Il est adoré de ses patients et de sa famille, personne n'aurait pu l'imaginer dans ce rôle.

— D'autant qu'il aurait eu un alibi assez convaincant s'il avait été inquiété par le commissaire : François et moi dînions ensemble ce soir-là ! J'aurais témoigné, j'aurais dit tout le bien que je pensais de lui. Je l'aurais dépeint tel qu'il est : généreux, vrai, intègre, fondamentalement bon et humain. On m'aurait demandé à quelle heure la soirée avait pris fin : j'aurais aussi bien pu dire minuit que quatre heures du matin. Je ne suis qu'une vieille dame vous savez : au mieux, on m'aurait crue, au pire, on se serait dit que je commençais à perdre la boussole. On ne m'aurait pas accusée de quoi que ce soit, on aurait juste accusé mon grand âge. Mais, Dieu merci, j'ai encore toute ma tête. Et je vous demande, Mary et Nathaniel, de garder votre sang-froid vous aussi. Je ne vous demande pas d'être en accord avec nous sur ce que nous avons fait ou pas fait. Il y a quelque chose d'immoral, je le reconnais. Mais c'est une histoire entre François, Serguei et moi. Vous n'aviez pas à connaître toute l'affaire. Oubliez-la, restez extérieurs à tout cela. Et si vous ne le pouvez pas, ne nous jugez pas trop vite. Repensez à toute cette triste histoire, à ce qu'ils ont enduré. Qu'auriez-vous fait à notre place ?

— Sa mort a été douce, reprit Serguei. Être médecin lui a servi : il lui a donné la substance qu'il fallait pour l'endormir. Pas de souffrance pour elle, plus de souffrance pour ses enfants et lui.

— Et c'est ce que nous devons retenir. Et puis entre nous, vous ne voudriez pas que je finisse ma vie derrière les barreaux ?

— Ça serait double peine pour les détenues, lança spontanément Nathaniel qui avait retrouvé la parole et souhaitait clore cette discussion sur une note badine. Imaginez, ces femmes qui ont commis un crime ou un délit, qui purgent leur peine dans une prison sordide, entourées de femmes plus dangereuses les unes que les autres et qui voient arriver une nouvelle détenue, d'un certain âge, autoritaire et moralisatrice, trempée jusqu'au cou dans une sombre affaire de meurtre où la victime a été découpée en petits bouts… les pauvres ! Plus sérieusement, je crois que je comprends. Même si cela veut dire que je cautionne ce meurtre d'une certaine façon. Je l'assume. Je ne suis pas pour les règlements de comptes qui se font en marge de la justice ou de la morale mais j'imagine que certaines situations nécessitent un traitement à part. Cette histoire restera donc tue à jamais, Anna et Serguei, je vous en fais la promesse ! Serguei, je n'oublie pas, par contre, que vous m'avez joué un très vilain tour dans la cave et que cela mérite un dédommagement moral considérable. Et je ne vous parle pas de la bosse que j'ai derrière la tête par votre faute. Si je fais une hémorragie, vous vivrez avec ça sur la conscience. Je vous laisse réfléchir à vos actes et à la compensation que vous pourriez envisager. Si vous avez besoin d'une idée, je vous aiderai, je ne suis pas rancunier. Mais ne cherchez pas midi à quatorze heures ! Mary, j'espère que tu vas te ranger à ma décision car si tu ne le fais pas, si tu souhaites dénoncer nos amis, je pense que notre tout jeune couple ne résistera pas à un tel désaccord entre nous. Et ça me... disons que ça m'ennuierait, non, ça me dérangerait que...

— ... Je ne sais pas, je ne sais pas quoi penser de toute cette histoire à vrai dire, l'interrompit Mary qui semblait perdue dans les affres de la morale. Si j'étais magistrat, je vous condamnerais sans hésiter pour complicité de meurtre, ajouta-t-elle en regardant droit dans les yeux Anna et Serguei. Moralement... moralement, je ne suis pas sûre de pouvoir vous reprocher quoi que ce soit. Encore moins à François, pour être honnête. Il n'y a qu'une personne véritablement coupable dans cette histoire, coupable de maltraitances, de tortures psychologiques, de mauvais traitements. Une personne coupable d'immoralité et d'inhumanité. Et ça lui a coûté la vie. Cela sonne un peu comme la morale de l'histoire.

Anna paraissait très émue. Serguei regardait à travers un hublot la nuit noire. Mary reprit la parole en interpellant Nathaniel :

— Toi, je n'ai pas encore jugé ton cas ! Ne te réjouis pas trop vite ! Mais si tu veux m'inviter en week-end puisque tu vas avoir une belle augmentation, je peux prendre le temps de la réflexion. Au moins pour choisir la destination…

41

Denise et Jean arrivèrent à Strasbourg début novembre. Ils rentraient tout juste d'un voyage au Québec qui scellait leur réconciliation. Ils avaient décidé de vieillir ensemble, ce qu'ils avaient toujours fait finalement depuis leurs vingt ans. Au *Saint James* où ils logeaient, Denise rencontra un matin Serguei : d'abord apeurée au souvenir de leur première rencontre trois mois plus tôt devant la porte d'Anna, elle reprit progressivement son souffle bien que ne sachant plus exactement ce que Nathaniel lui avait dit à son sujet. Mais s'il était là, c'était pour Anna et Anna ne protégerait pas un criminel. Elle tenta donc de se rassurer du mieux qu'elle pouvait. Il lui annonça qu'Anna allait rentrer de Touraine et qu'elle serait très heureuse de la revoir. Serguei ne manqua pas de lui parler de Nathaniel en termes élogieux, ce qui, pour Denise, était une consécration, et pour Serguei, une façon commode de l'amadouer.

Il lui fit également de beaux compliments sur sa belle-fille. Elle ne lui répondit que par un sourire, crispé mais magnifique de blancheur, ignorant totalement que son fils fréquentait quelqu'un. Elle ne l'avait croisé qu'une seule fois depuis leur arrivée. Nathaniel paraissant débordé, elle n'avait pas osé lui demander quand il pensait pouvoir se libérer le temps d'une soirée. Elle lui avait juste glissé un « Tu me diras si tu veux dîner avec ton père et moi, je sais que tu as mille choses à faire, d'autant que tu es parti quatre ou cinq jours chez Anna, non que je sois jalouse, mais ta mère aussi voudrait profiter de toi ! » Il connaissait sa mère par cœur et mit fin à son petit manège en lui promettant de déjeuner avec eux dès que possible, les soirées s'annonçant chargées.

Nathaniel et Mary essayaient, en fonction de leurs obligations personnelles et de leur emploi du temps respectif, de passer leurs soirées ensemble. Le week-end à Vienne, deux semaines après les révélations sur l'affaire, paraissait déjà lointain même si tous les détails restaient présents à leur esprit : les balades romantiques dans le centre-ville impérial, à travers les palais, les églises, les musées, les parcs, la soirée à l'Opéra et les nuits dans un hôtel au charme désuet. Puis ils avaient rejoint trois semaines plus tard Anna dans le Val de Loire pour un week-end prolongé au château.

Dès la grille d'honneur, Nathaniel avait été happé par la beauté de cette vieille bâtisse Renaissance. Rien ne lui avait échappé à la fin de leur séjour, ni la cheminée rehaussée d'un emblème royal, ni la charpente XVIe siècle, ni les parquets Versailles au-dessus desquels flottait une collection modeste de tapisseries flamandes, ni la chapelle dont le sous-sol abritait aujourd'hui, fait curieux et insolite, une salle de jeux. Billard, fléchettes, baby-foot et flipper étaient déposés autour des vestiges d'une pierre tombale à l'inscription effacée par le temps. Il avait parcouru avec ravissement le jardin potager, les prairies et les bois, au plus grand plaisir de Jean-Aimé qui l'accompagnait. Anna ne s'attendait pas à un tel intérêt de Nathaniel pour les vieilles pierres. Elle en fut ravie mais s'abstint de tout commentaire. Elle souhaitait le laisser dans ses rêveries et profiter du charme des lieux. Elle ne souhaitait pas non plus avoir à répondre à des questions indiscrètes qu'il ne manquerait pas de lui poser si elle le questionnait un peu trop sur ses impressions.

Anna rentra le 7 novembre, jour anniversaire de la révolution d'Octobre, un jour propice aux voyages, pensa-t-elle ironiquement. Cent ans plus tôt, le coup d'État bolchevik avait semé le chaos en Russie et conduit à l'émigration de plus d'un million de Russes blancs parmi lesquels les parents d'Anna et Serguei, qui fuyaient la Russie et la révolution civile menée par les révolutionnaires rouges. Fatiguée par son retour en train, elle dîna en tête en tête avec Serguei, avec une émotion toujours intense à l'évocation des souvenirs de leur Histoire. Les années passant, elle ne pouvait pas non plus ignorer une angoisse profonde qui ne la quittait plus. Que restera-t-il après sa mort de cette histoire, de l'histoire dans l'histoire, de celle dont elle a été l'héroïne ? Lorsque Serguei disparaîtra à son tour, que restera-t-il d'eux ? Pour couper court à ses idées noires, elle prit deux décisions : laisser une trace, d'une façon ou d'une autre et, de manière plus pragmatique et immédiate, inviter ses proches à un souper de retrouvailles.

42

La soirée fut animée, légère et détendue. Denise discuta beaucoup avec Serguei qui s'amusait de son côté distrait et coincé. Il aimait, dès que l'occasion se présentait, taquiner les vieilles chouettes peureuses. Jean fit plus ample connaissance avec Anna qu'il jugea brillante à tout point de vue. Nathaniel s'affairait au service, il servait, desservait, ce qui lui permettait d'observer à distance tout ce petit monde qui faisait connaissance. Les personnes présentes dans la pièce comptaient beaucoup pour lui, peut-être le réalisa-t-il ce soir-là. Ses yeux se posaient souvent sur Mary, espérant attirer son regard. Il regardait Anna du coin de l'œil, admirant la grâce de ses gestes et ses yeux souriants. Serguei l'amusait beaucoup, surtout quand il racontait des obscénités à peine voilées à sa mère, de manière fort irrévérencieuse. Il se dégageait de tout ce spectacle une sérénité qui l'emplissait.

Un peu plus tard dans la soirée, Anna prit à part Nathaniel et Mary : elle tenait à les assurer de son amitié et du bonheur de les voir ensemble tous les deux, elle qui avait décelé très tôt qu'ils s'entendraient à merveille et finiraient sans aucun doute par être attirés l'un par l'autre. Elle ne se trompait jamais, surtout pas dans les « affaires humaines. » Elle en vint, non sans émotion, à témoigner à Mary de ces sentiments profonds qu'elle ressentait pour elle et qu'elle apparentait à un amour filial, d'une mère pour sa fille. Elle lui avoua qu'elle lui rappelait la jeune Anna qu'elle avait été il y avait si longtemps : une jeune femme libre, belle sans artifice et intelligente. Les deux femmes s'étreignirent, émues. Nathaniel, peu habitué à de telles démonstrations affectives, supposant ce que Mary ressentait, sentit à son tour sa gorge se nouer.

— Comme vous le savez, je vais m'installer définitivement en Touraine. Malgré mon âge avancé, je ne compte pas ne rien faire. Vous me connaissez... Le travail n'est pas qu'une activité pour occuper ses journées et payer ses factures, il est aussi un remède contre la vieillesse. D'ailleurs, plus on fait travailler son cerveau, moins on a de chance d'être atteint d'Alzheimer... Et on reste jeune plus longtemps ! Donc je compte m'occuper du château et du domaine : tant physiquement que mentalement, je vais m'offrir une vraie cure de jouvence vu tout ce qu'il y a à faire. Les banquiers, les comptables, les Monuments historiques, les artisans, les jardiniers... je vais avoir une foule de nouveaux amis que je mettrai rapidement au pas cela va sans dire. Comme j'aurai suffisamment de choses à régler, vous allez gérer vous-mêmes les hôtels. Je ne veux plus m'en occuper. Serguei se fout royalement de qui les gère à condition qu'ils rapportent. Vous serez donc deux à la tête des trois hôtels. Ou plutôt devrais-je dire des deux hôtels... Voici le projet dont je voulais vous parler. Nathaniel, vous allez adorer, cela va vous ouvrir d'autres perspectives, croyez-moi ! Comme vous le savez, il y avait à l'origine deux maisons que mes parents avaient réunies en une seule avant de les rediviser pour en faire deux hôtels... Quand je vous disais que mon père aimait construire et reconstruire ! Aujourd'hui, nous allons faire marche arrière et faire à nouveau tomber ces murs entre les deux maisons. On rouvre tous les espaces, tous les volumes ! On recrée ce qui avait disparu, ce qui était en place du temps de mes parents, du temps de la grande maison de ma jeunesse ! Il ne restera qu'un hôtel, vous le rebaptiserez et vous le gérerez, lui et l'*Ill Hotel* bien sûr. La chambre 13, la « Chambre des députés » que Marie Lacroix et Pierre Loro avaient occupée de leur vivant et de leur mort si je puis dire, sera agrandie, nous en ferons une salle de yoga, un lieu zen pour chasser les mauvais esprits. Des questions ?

— C'est un chantier énorme qui nous attend ! Mais le résultat sera magnifique, rebondit Nathaniel avec enthousiasme.

— Un chantier énorme qui va vous demander, Nathaniel, d'être disponible pour contrôler que tout se déroule pour le mieux. Vous serez maître d'œuvre et maître d'ouvrage, j'insiste pour que vous soyez très impliqué dans le déroulement des travaux.

— Je le serai !

— Mary, tu devras gérer la disponibilité des chambres qui sera forcément réduite pendant les travaux. Nous allons aussi en profiter pour rénover un peu les pièces de la *Petite France*. Tous ces travaux vont nécessiter qu'on harmonise l'ensemble mais je tiens à ce qu'on garde un peu l'esprit d'avant, celui de chaque maison. Carte blanche donc pour la décoration, tu connais mes goûts et tu sais ce que je choisirai. Bien sûr, je serais ravie que tu m'en parles avant de décider...

— Anna, je sais combien vous tenez à ce lieu, je ne ferai rien contre votre avis !

— Parfait ! Si tout le monde approuve, que le spectacle commence ! Nous serons obligés de fermer pendant trois ou quatre semaines, les gros travaux de démolition et de maçonnerie ne nous permettront pas d'accueillir des clients. Vous allez être en vacances mes amis ! Trois possibilités : un séjour en Suisse, Serguei nous invite, la vie de château en Touraine avec Jean-Aimé et moi, ou sans Serguei ni moi, en amoureux, dans un lieu tenu secret pour qu'on vous fiche la paix quelque temps !

— Les trois mon capitaine ! répliqua Nathaniel. Une petite semaine au bord du Léman avec escapades dans les Alpes et fondue à volonté, une semaine à la campagne chez une vieille dame, je parle de votre demeure évidemment ! Et pour nos vacances en duo, je crois que j'ai une idée qui te plaira, Mary. C'est une île. Britannique comme toi. Où l'on pourra se balader et faire trempette dans des piscines naturelles. Et devine qui se baigne au milieu des touristes ?

— Des membres de la famille royale ?

— Des fées ! Enfin, d'après la légende...

— Invitez-les à venir passer quelques jours au château. Il faut que je trouve une idée originale pour attirer les touristes ! Le fait qu'il ait appartenu à une ancienne favorite du roi ne le différencie pas assez des autres. Alors que s'il est fréquenté par des fées, ça sera jackpot ! Nathaniel, avec votre imagination débordante, vous pourriez vous charger du marketing et de la communication de Montchardin. C'était votre premier métier si je ne m'abuse ?

— Plus ou moins…

— Vous arriverez bien à trouver un peu de temps dans vos journées ? La direction de l'hôtel ne vous épuise pas trop ?

— Tout dépend du taux de mortalité, des circonstances.

— Ou pas ! Vous êtes plutôt souple de caractère, mon cher Nathaniel, renchérit Anna. Vous vous plierez aux circonstances.

— Et tu vendais quoi déjà ? demanda Mary d'un air espiègle, le sourire aux lèvres. Je ne suis pas sûr qu'Anna l'ait su un jour.

— Toi, tu vas me le payer… Tu mériterais que je t'enferme dans les caves.

— Nathaniel, gardez vos fantasmes pour vous. À ce propos, vous ai-je parlé des caves du château ? Il semblerait qu'il y ait eu à une époque une espèce de souterrain, un peu, vous savez, comme à Amboise entre le château et la demeure de Léonard de Vinci, en contrebas. Vous connaissez sans doute ? Comme c'est votre truc, visiblement, de fouiner un peu partout et de découvrir des passages secrets, peut-être pourriez-vous explorer mes caves un de ces jours ? Vous êtes d'un tempérament obstiné, je suis sûre que vous finirez par le trouver. S'il existe encore, bien sûr… Et, par pitié, ne vous amusez pas à déterrer trop de cadavres !